獻給活在監獄的你們

松村涼哉
Ryoya Matsumura

輕文學
Light Literature

序曲

自己似乎被監禁了。

古谷櫻介踹了眼前的門一腳。

那是一扇鐵格子門。彷彿封鎖了從二樓通往一樓的路一般，阻擋在樓梯間的位置。鐵格子本身約有兩公分以上粗，即使用力踹也文風不動。看樣子打造得相當堅固。即使不死心地繼續踹，也只是弄痛了腳。

這座設施沒有其他樓梯可以下去一樓。

即使站在門前呼喊「有人在嗎？」也得不到回應。

櫻介再踹了一下鐵格子，以代替想說出口的「別鬧了」，即使用從餐廳拿來的椅子砸，結果仍是一樣。只有手變得更麻了。

——真的是不要鬧了喔。

他沒想過「被監禁」這種狀況，竟然會再次發生在自己身上。但現在毫無疑問被關起來了。他無法離開這個空間，也無法呼救求援。

這讓他想起那一天晚上。年幼時期，因為惹了父親不高興而被關在陽台。那是個寒冷的十二月夜晚，他只能屈膝蜷縮著。全身因為寒冷而疼痛，雖然向父親求救，但父親不肯開門。裝設在陽台的室外機吹出來的冷風，讓他的指尖疼痛。

現在的狀況可以說比當時好一點嗎？

回到二樓的餐廳，確認目前狀況。

櫻介被關在某處設施的二樓。彷彿夾著中間的這間餐廳一般，左右兩邊分別有三間寢室和廁所。

餐廳裡放了四張圓形餐桌，同時備有寬敞的廚房。這個空間簡直像小學教室一般。牆上掛著圓形掛鐘、星空海報、十多年以前的月曆，還有一個裝滿兒童書籍的書櫃。

櫻介知道這裡是哪裡。

過去，這裡曾經有二十個小孩一起生活過一段時間。實際上現在應該還是能供人生活。水電都沒有斷，桌上也放有一些可以當作食物的果凍飲。看樣子是打算把櫻介關在這裡超過一天。

窗戶是強化玻璃，構造上大概只能打開五公分。即使能砸破玻璃，外面還有鐵窗擋著，不用指望可以從窗戶逃脫。就算想呼叫鄰居求救也沒用，這裡在山中。

逃脫的唯一方法，就是打開樓梯間的鐵格子門。但他已經確認即使靠蠻力也打不開。

果然，「我們」被監禁了吧。

「……」

櫻介坐到餐廳的桌子上，觀察其他成員。

沒錯，被監禁的不只櫻介。包含他在內有三個男生、三個女生。是幾乎說不上熟識的人。

這些人為了找出逃脫的方法，分別在設施二樓騷動著。

一個男生從窗戶縫隙伸手抓住鐵窗之後，咋舌了一聲；然後他看了看智慧型手機，又因為沒有訊號而呻吟。這裡可能裝設了干擾訊號的裝置。

樓梯間傳來劇烈的金屬碰撞聲。一個女生跟櫻介換手，嘗試打破鐵格子，但應該很難吧。就連這群人之中體格最壯碩的櫻介都辦不到了。

這個空間充滿噪音。到處傳來令人煩躁的聲音，有人呻吟、有人揮舞著椅子。但他不認為這樣能改善狀況。一切應該都在把大家關在這裡的人預料之中吧。

傳遞資訊的手段遭阻，無法破壞的窗戶與門——感覺好像被看不見的惡意掐住喉嚨一樣。

他們遲早會放棄逃脫，回到餐廳來，然後不得不面對放在桌上的那個東西。

櫻介拿起一封信件，重新讀過。

揪出殺了我的犯人　　真鶴茜

每讀一次都不禁背脊發涼。

櫻介甩了甩頭，把信件放回桌上。不可能啊。

按照合理推測，這應該是監禁櫻介等人的嫌犯做的好事。

——七年前，真鶴茜摔落懸崖身亡。

——警察調查的結果，是因為失足而造成的意外死亡。

不願回憶的過去，現在正攤在櫻介眼前。究竟是誰、為了什麼而這麼做？

他呼了一口氣，閉上眼。

為了平靜下來，櫻介在腦中整理到目前為止的來龍去脈。

監獄裡的孩子們

那是八月即將結束的時候。對於目前高三，即將考大學的櫻介而言，整個暑假都拿來念書了。每天早上前往圖書館，寫試題寫到傍晚。對整個高中生活都花在足球上的櫻介來說，念書原本是一件痛苦的事情，然而一旦試著開始念書，意願就自然而然地提高了。即使是原本討厭的數學題庫，現在也可以解上好幾個小時。甚至讓他後悔，為什麼不早點開始這麼做呢。

每天回家的時候，他的讀書欲望就會更加提升。傍晚時分，當他騎著腳踏車從圖書館回家的路上，只要一看到自家，覺得明天也要好好念書的念頭便會愈發強烈。

重下集合住宅區十棟七樓三號──這裡就是櫻介的家。

這是七〇年代建設的公營集合住宅區。十二棟橫寬形的十層樓建築物，像是隨意交疊那樣排列，構成一個漂亮的圓形。集合住宅中央有公園、超市、郵局、髮廊等設施，讓這裡的居民可以不用出門，在社區內也足以生活。

管委會會長曾表示，住宅建成當時相當受歡迎。居民之間的關係很好，每週都會在管委會館舉辦茶會，平時也常有鄰居之間互借調味料的事情。

但現在已不見當時熱絡。似乎是集合住宅區逐漸老朽，人們自然而然離開了。

住戶大樓的外牆油漆已相當斑駁，公園內遊樂器具明顯生鏽，停車場到處都是不知道是誰的玩具和垃圾。電梯會發出令人擔憂的「喀噠喀噠」聲音，走廊則滿是住戶亂放的東西，根本無法可管。每一棟樓的管委會人數也隨之減少。

還留在這集合住宅區的，只剩下對他人漠不關心的人，以及少數喜歡八卦的閒人。

櫻介討厭後者。他討厭那些在住戶大樓前聊是非，並且拿鄰居往來當擋箭牌介入他人生活的人們。

只要新聞一報導，這些人就會一副很愉快的樣子聚在一起。然後嘲笑他人的不幸。

因為「七年前那起案件」，讓櫻介被他們盯上。

他們問了很多跟案子有關的問題，只要櫻介走在集合住宅區內，就會被投以充滿好奇心的目光。甚至還有從未見過的人，直接跑來問他：「你真的什麼都不知道嗎？」

簡直像一所監獄。

小學時曾讀過一本名為《世界監獄大全》的圖鑑。

櫻介也像許多小孩經歷過的那樣，曾有過一段對「殺人魔」、「拷問」之類的獵奇內容感到興趣。一個集合住宅區裡的女孩告訴他有這本圖鑑。櫻介至今仍忘不了圖鑑內曾介紹的某所監獄。

——「全方位展望監視系統」、「圓形監獄」。

——「在中央設置監視塔，牢房則像圍繞監視塔一般排列，能以高效率監視囚犯的理想監獄」。

這所監獄的外型，很像櫻介居住的重下集合住宅區。

住戶大樓排列成圓形，集合住宅區中央有一座高聳供水塔。簡直跟說明圓形監獄構造的照片不謀而合。

自從閱讀過圖鑑之後，櫻介就覺得重下集合住宅區是一所監獄。就像獄卒總是得監視囚犯的一舉一動那樣，總是有人凝視著這裡的住戶。囚犯一直處在受到他人凝視的狀態下，在這裡生活。

但，在這裡生活的日子也快結束了。

——終於能夠逃離這所監獄。

櫻介握拳仰望集合住宅。

——終於能獲得解放，可以不用再回到這個集合住宅區了。

櫻介準備報考的，是遠離老家的國立大學。他以自己賺取生活費為條件，要求母親同意自己搬出去自己住。

即使準備大考很辛苦，然而一旦想到之後總算可以實現夢寐以求的獨自生活，這點困難也是能克服。

但是，正當暑假即將結束的某天傍晚，他發現一個奇怪的信封。住家大門上的信箱裡面投遞了一個咖啡色的信封。

「特地投遞到住家大門信箱裡……？」他不禁脫口說道。

郵件一般會投遞在一樓的公共信箱區裡。會直接送到各住戶門前的，通常只有集合住宅區的聯絡事項傳閱表單。

他拿起信封，然後抽了一口氣。

寄件人是——「真鶴茜」。

這名字不可能出現。她已經不在這個世界上了。

櫻介立刻撕開信封，確認裡面的物品。裡頭裝了一張信紙，上面記述了簡潔的文章內容。

我知道你的祕密。請前往設施，證明七年前自己是清白的。

真鶴茜

除了信紙之外，信封裡面還放了幾張照片，所有照片上面都有拍到櫻介的身影。是暑假期間偷拍櫻介得到的照片。照片上可以看到自己前往學校、在便利商店前面吃冰的模樣。除此之外，還放了幾張將櫻介使用的社交媒體帳號螢幕截圖印刷出來的紙張。

簡直是恐嚇。若說這是開玩笑，也弄得太過仔細。

櫻介重新閱讀信紙上的文章。

——證明七年前自己是清白的。

他的呼吸自然變得急促。

櫻介從未忘記七年前的案件。

真鶴茜的意外死亡，是至今仍留下許多疑點的難解案件。

真鶴茜是一位兒童福祉司（註1），是櫻介居住地區兒童相談所（註2）的職員，她本人也居住在重下集合住宅區。真鶴茜負責處理包括保護受虐兒童、育兒諮商和與不良少年溝通等許多業務。櫻介也曾經獲得她幫助。

在櫻介小學五年級的夏天，茜邀約他外出旅遊。她帶著集合住宅裡的幾個小孩，籌劃了一場兩天一夜的旅行。茜似乎是想跟這些小孩一起創造夏日回憶。

參加的成員包括櫻介和茜的妹妹在內，總共有六個小孩。

這趟旅行安排的住宿地點，是過去由茜的祖父經營的自由學校。學校本身已經廢

註1：日本兒童相談所的職員。接受兒童教養相關諮詢，碰到虐童案時要出面確保兒童安危，也要定期探訪問題家庭。

註2：基於日本兒童福祉法，設置於行政單位中，其權限有接受與兒童相關的家庭養育相關諮詢、兒童與家庭相關的調查與判定、針對兒童及照護者提供必要的指導、對來自需要保護家庭的兒童提供暫時保護與之後的親子隔離安置的執行。在防止兒童虐待上，扮演著主要角色。

校，只有建築物仍保留了下來。這裡是一處有如祕密基地般的地方，讓孩子們無不歡天喜地。

旅行的成員多是初次見面，但他們很快打成一片。

白天烤肉、打水槍戰，或者寫暑假作業。

晚上則大家一起參加煙火大會。會場就在離設施不遠處。

異狀就在這時候發生。

在煙火大會開始之前，真鶴茜突然身體不適，回到了設施裡面。小孩們儘管擔心茜的狀況，仍充分享受了這之後的煙火秀。比在集合住宅看到的更大、更壯闊的火球，讓孩子們看得出神。每當煙火爆開，孩子們便以興奮的神情向彼此說感想。

煙火大會結束後，櫻介等人帶著興奮之情回到設施，卻沒看到茜的身影。櫻介儘管擔心她的安危，仍上床睡去。

到了隔天，茜的遺體被發現。她從設施後面的懸崖墜落。

經過調查，警察把茜的死當成意外處理。

櫻介則體會到了全身無力的失落感。

煩惱了幾天之後，櫻介在信件上指定的時間前往設施。

那些偷拍的照片其實不至於成為櫻介的把柄，但社交軟體上面有貼出他參加想投考學校舉辦的開放校園說明會照片。如果惡意人士在該校裡面散播負面傳聞會怎麼樣呢？難以言喻的不安情緒盤據櫻介內心。即便對方沒有實行，仍不改這種令人不舒服的狀態。

有人在跟蹤自己——這個事實比什麼都令人不快。

他很想朝對方飆一句：「都事到如今了還想幹嘛！」

櫻介知道信件指定的設施在哪裡，那是七年前他曾造訪的地方。

從集合住宅區騎十分鐘腳踏車到車站，然後搭五十分鐘電車前往。

帶著極少行李的櫻介在一處四邊都是農田的無人車站下車。青蛙的叫聲呱呱作響，夏日陽光照亮青翠的稻田。七年前茜是開車過來的，所以櫻介對車站周邊沒有印象。

透過智慧型手機確認地圖，往滿布常綠植物的山方向移動。

櫻介登上蟬鳴不已的坡道，坡道前方聳立著巨大的積雨雲。爬了一段時間，就看到一座神社鳥居。神社旁邊是一處懸崖，從懸崖上可以俯瞰一整片農田，蔥綠的稻穗隨風擺盪。

「好懷念啊……」櫻介不禁低喃。

——七年前，櫻介等人就是在這裡欣賞煙火。

六個小孩在地上鋪了野餐墊，肩併著肩擠在一起，仰望夏日夜空。他們一邊吃著從攤販購買的蘋果麥芽糖，一邊尋找在自然科課堂上學到的夏季大三角。找著找著，煙火大會開始了，小孩們看著每個綻放於夜空的花朵，無不因感動而誇大地讚嘆。彷彿衝擊身體的煙火爆炸聲是那麼的舒暢，延伸到農田上的影子則是無比美麗。

——真的非常快樂。那時還因為俄羅斯輪盤章魚燒而大肆喧鬧了一番呢。

在欣賞煙火的時候，櫻介等人的交流也是非常熱絡。記得是一個叫藍理的女孩買了俄羅斯輪盤章魚燒。大家讓猜拳輸的人輪流吃，最後是一個名為律的男孩子吃到辣味章魚燒鬧了起來。櫻介看著律哭訴著說：「沒有所有人都吃，不公平。」不禁捧腹大笑。真的是一趟愉快的旅行。

——如果能夠以美麗的回憶作結就好了。

穿過神社旁邊，再走約五分鐘，可以看到一條沒有鋪設柏油的小路，從水泥路旁邊分岔出去。

小路入口處設立了一塊看板。

一之瀨森林學校

走上山路，心情上逐漸覺得與外界隔離的時候，那個東西出現在眼前。是一棟灰色箱子一般的兩層樓建築物。人工物體出現在林木圍繞的自然之中，散發一股異樣的存在感。

入口敞開著。

似乎已經有別人先到了。堆積的塵埃上面有幾個鞋印。櫻介也沒有脫鞋，直接走上玄關，並穿過設有澡堂與辦公室的一樓，往二樓前去。

幸好似乎還沒斷電，空調的冷風撫過肌膚。

櫻介進入餐廳。裡面有五位少年少女在那兒。有人坐在餐桌前的椅子上、有人遠離桌子倚靠著牆壁。但每個人看起來都有點坐立難安。

櫻介發現這些人都好像在哪裡見過。

「……你應該是櫻介，對吧？」

坐在椅子上的女生起身。

櫻介記得她的名字。越智藍理，是跟櫻介同高中的學生。她是一位留有一頭長長亮麗秀髮，帶著一點千金小姐氣質的少女。

「你該不會也……」藍理略顯不安地詢問。「收到信件才來的？」

「嗯，信上要我來這裡證明自己清白。」

櫻介邊回答，邊觀察在場成員的狀況。

所有人都一副懷疑櫻介所說的態度投來不安的目光，然後每個人手上都拿著一樣的咖啡色信封。

「……除了我之外的五個人也是一樣的意思了。」

沒錯，這些人是七年前一起旅行的成員。

當理解了狀況之後，不禁嘆息。

「原則上我還是問一下，在這裡的都是當年參加了旅行的人吧？」

「嗯，大家都是。」藍理頷首回應。

——住在集合住宅區，跟茜有關聯的六個小孩。

——七年前，參加了茜主辦的旅行。

櫻介帶著緊張的情緒，開始觀察起現況。

桌上放著一個白色信封。

「那個……」

正當他想問「究竟是什麼？」的時候，樓梯傳來巨響。彷彿建築物搖晃的沉重聲音。

在不安驅使下前往樓梯，就看到鐵格子門封住了樓梯。

出口完全被堵住了。

・・・

櫻介回想起事情經過，整理目前所知情報。

他被關在一之瀨森林學校二樓。這是過去真鶴茜祖父經營的自由學校。這裡會在暑假期間收容地區的問題兒童，讓他們在大自然環境中度過一個月。二樓是學生就寢的空間，鐵窗則是為了防止學生晚上逃跑而裝設。說得難聽點，就是軟禁小孩，讓他們經歷接近體罰的教育後改頭換面。雖然有點難以相信，但當年就是這樣的時代。

儘管已經廢校，但因為拆除需要費用，所以建築物就直接放著。偶爾會有親戚來當作別墅利用兼打掃——七年前真鶴茜是如此說的。

原則上掌握了現況之後，櫻介接受了現實。

其他成員也在同樣的時間點回到餐廳。大家圍著一張餐桌坐下。

藍理為了最後才到場的櫻介，說明了在場成員已經共享的資訊。

每個人都收到了一樣的信封。首先抵達設施的是藍理，而她到的時候玄關門已經敞開。餐廳放置了白色信封，裡面有一條留言。成員接連抵達，等櫻介入內之後，樓梯就被封鎖。

「事情整個莫名其妙耶。」櫻介說道。

「只能這麼說了。」藍理也應和。

無法逃脫。手機也沒訊號。

究竟是誰、為了什麼把大家關在這裡？

這時，坐在櫻介右前方的少年搔了搔頭。

「真的是給我差不多一點喔。」

聲音裡面充滿了焦躁。

遮住一邊眼睛的不對稱風格瀏海，讓這個人帶著一點陰鬱的氣息。七年前原本就高䠷的身高更加抽高，但臉部五官的變化不大。櫻介認為他應該就是武井周吾。

「早知道就不要來。真的莫名其妙。這應該就是犯罪吧。我今天本來想去開放校園說明會的耶。」

「怎麼，難道你有什麼糟糕的把柄被掌握了？」

短髮少女挖苦周吾似地說道。以女生而言她的體型高大，細長眼睛帶給人的狐狸臉感覺仍留有七年前的模樣。應該是手塚佳音吧。

「是沒有。」周吾蹙眉。「應該說七年前那件事情本身就是把柄了。妳應該也沒有跟身邊的人說明吧？」

「我還好……與其說隱瞞，根本沒人問起。畢竟我去了遠處的高中就讀。」

「我也一樣。我搬離了集合住宅區，去了沒有人認識我的學校就讀。所以我才不想被身邊的人知道。」

「啊——我懂。突然收到那樣的威脅信件，只能來看看了吧。真的很不爽耶。居然還把我們關起來。」

兩人在那之後咒罵了把大家關在這裡的人物一番。這兩個人直到方才都還激動地反抗。也許因為拿著椅子甩了好幾下吧，只見他們的手掌都已泛紅。充滿憎恨的咒罵持續了好一會兒。

這時藍理「啪、啪」地拍了拍手。

「先不要抱怨了。」

見大家注意過來，藍理說道：

「要不要認真思考一下，怎麼逃離這裡？」

「我認同。」櫻介附和。「門和窗打不破，手機也沒有訊號。既然如此，我們只能等人來救援。有沒有誰有跟身邊的人說要來這裡的？」

櫻介問道。但所有人不發一語。

都到高中三年級了，沒有人出門會刻意跟父母一一報備。而且畢竟是這種狀況，或許也不好找人商量。

如果監禁持續下去，可能難以期望來自外界的救援。應該得花上不少時間吧。

櫻介點點頭。

「既然這樣，我們不要指望外界救援吧。讓我們一一確認。姑且稱主謀為『威脅者』吧？你們認為把我們關在這裡的威脅者，究竟有何目的？」

「目的什麼的，不就是那封信上寫的那樣嗎？」

周吾不悅地指了指信。那是列印在白紙上的一行字。

揪出殺了我的犯人　真鶴茜

不論看幾次，這項指示都無比詭異。

「我認為這是可以讓我們逃離這裡的條件。『只要能揪出殺了真鶴茜的犯人，就讓你們離開這裡』——應該是這個意思吧？」

「嗯。我也覺得是這樣沒錯。」

櫻介看了看天花板。

「只不過在這種情況下，威脅者應該不會在外面吧？也就是說，我們在這裡討論事情，並且揪出犯人之前，會有人監視我們吧？」

若非如此，即使櫻介等人揪出了犯人，威脅者也不會知道。

藍理也跟著看了看天花板。「會不會設有攝影機？然後有一個戴著古怪面具的人在液晶螢幕前監視我們呢？」

「古怪的面具是什麼鬼……」

「不過，會採用監禁他人手法的人，確實給人這種印象呢。」

簡直像是漫畫劇情。藍理或許覺得自己的發言很可笑，不禁搗著嘴笑了起來。然後深深呼了一口氣。

「或者，威脅者就在這六人之中？」

櫻介倒抽一口氣。

環顧四周，並未發現攝影機或麥克風。

那麼，難道是在場的某人把大家關了起來？在樓梯的門上做了一些手腳，等最後一個人到來之後門便會自動關上之類？

櫻介看向除了自己以外的另外五人。

——到底是誰監禁了大家？

——是誰？為什麼到現在才想揭發七年前的真相？

「那個，是說可以確認一下前提嗎？」

佳音問道。說話的聲音帶著挑釁氣息。

「雖然說要揪出殺了茜姊的犯人，但茜姊不是意外身亡的嗎？」

「應該是。」櫻介認同。「從懸崖上墜落，摔死的。」

「那不就沒有殺了她的犯人存在嗎？」

佳音的疑問非常合理。

真鶴茜的死因是墜崖身亡。警察最後得出的結論，是處於酒醉狀態的茜靠近設施後方的懸崖，然後在那裡失足墜落。她直接從二十公尺以上的高度摔到水泥地上，因而死亡。

「可是這起意外沒有目擊者。」周吾回話。「真相其實不明。事實上是有一些奇怪的點。威脅者要認為這是殺人案件也不太奇怪。」

「可是啊……」

「所以集合住宅區那邊才會傳我們的八卦吧。說我們是殺人嫌犯什麼的。」

不願回憶的過去甦醒。

當時這起案件成了新聞，地方報紙也大肆報導。一個大人帶著六個小孩外出旅行，大人卻在山中懸崖處喪命。對那些集合住宅區裡喜歡講八卦的三姑六婆而言，沒有比這個更好的題材了。

——會不會是六個小孩集體策劃的殺人案件呢——真鶴茜是不是想性侵他們才安排了這趟旅行呢——會不會是感情不好的妹妹基於私怨這麼做呢——所有成員的家庭在兒童相談所都被當成燙手山芋——

一些純粹基於推測，空穴來風的謠言也混雜在裡面，把櫻介等人當成犯人看待。

「嗯，老實說——」佳音疲憊地笑了笑。「真的是不願回想起的過去呢。」

櫻介點了點頭，表示同意。

實際上，他很想忘記。為了能遠離集合住宅區生活，他正努力地準備大學考試。七年過去了，雖然現在不至於像當時那樣被人在背後指指點點，但偶爾在集合住宅區內還是會覺得受到注視。他也很想解脫。

周吾和藍理應該也是同樣想法吧，只見兩人一樣垂下了頭。

看來他們也同樣過了一段辛苦的日子。

「大家不要這樣講啦。」

一道快活的聲音響起。

眾人吃了一驚抬起頭，看到一個臉上帶著有如偶像明星般甜美笑容的男孩。那是一個彷彿還保有小學時代稚嫩的娃娃臉男孩。

他是福永律。這七年之間就屬他的變化最少。

律臉上掛著不合時宜的開朗表情，面帶笑容說道：

「大家是不是忘了，茜姊的妹妹就在這裡喔？不要說『真的是不願回想起的過去』這麼傷人的話啦。」

櫻介看了看左邊的少女。

其實他一直很介意，只是會下意識地不去看她。因為時隔七年再見到的她，隨著年齡增長，面容也愈來愈像姊姊。

真鶴美彌。她是真鶴茜的妹妹，也是旅行成員之一。

她留著一頭鮑伯短髮，髮下的眼睛充滿理智氣息，給人成熟的印象。或許因為上了點淡妝吧，看起來比起什麼妝都沒化的佳音更加美豔。

「我不介意。」一直保持沉默的美彌低聲呢喃似地說道。「這是無可奈何的事。實際上，我也經歷過類似的辛苦。」

「啊啊，這樣啊。抱歉，是我太介意了。」

「不要緊的。只是我們還是得回想起來不可呢。」

「嗯，似乎是如此，如果想要離開這裡的話。」

律露出雪白的牙齒揮揮手，美彌再度陷入沉默。

兩人似乎想立刻揭發謀殺真鶴茜的人物，並沒有太抗拒面對過去。

周吾無奈地嘆了一口氣。

「我不能接受。為什麼要這麼輕易地照著威脅者所說的去做？我還在煩惱。明明不知道對方的意圖，是不是真的該遵守命令。」

「嗯，你想說什麼？」律偏了偏頭。

「不要強行繼續議論，還是說你就是威脅者呢？」

「因為我們只能好好討論啊，不然出不去。」

律傻傻地說。

「接下來我們得面對面探討好幾個小時，並且找出七年前的真相。」

周吾瞬間露出想說些什麼的表情，但又噤聲。

七年前的真相——真鶴茜死亡的理由，要說不在意確實是騙人的。

場面馬上被律主導。

「我們先自我介紹吧，畢竟是久違的重逢啊。嗯？說起來七年前我們好像也沒怎麼自我介紹過？」

律看向櫻介，裝熟的態度就好像看到老朋友那樣。

但這一群人之間的關係，絕對稱不上老朋友。

他們只是透過茜認識彼此，同樣居住在集合住宅區的小學生。雖然可能曾經擦身而過，但在旅行結束後彼此沒有任何交集，也不可能有。因為茜的死對他們來說，是一段刻劃於心的痛苦回憶。

櫻介嘆了口氣。

——說得也是。實際上，我對這些人一無所知。

在一無所知的情況下，一起出門旅行。

在一無所知的情況下，一起欣賞煙火。

在一無所知的情況下，一起面對茜的死。

共同認識的對象只有茜，是她連結了這群人。是她在集合住宅區唐突地邀櫻介出來旅行，並且跟家長說好，帶領他來到這座設施。

真要說彼此的共通點，那就是除了美彌之外——每個人都是接受過真鶴茜幫助的小孩。

‧‧‧

在律的提議之下，大家開始自我介紹。從坐在圓桌最靠近窗戶位置的律開始，順時針依序進行。大家說出自己的名字、年齡、為何認識真鶴茜、對警方說了什麼樣的證詞、覺得本案有哪些地方可疑。

福永律，十八歲。已經搬離集合住宅區，現在是自由打工族。

小時候的他似乎是個打架慣犯。九歲的時候打到對方骨折，結果對方報警，然後他被送去兒童相談所，因此認識了茜。

——有關真鶴茜的死。

「關於這樁案子，我跟大家一樣一無所知。在煙火大會開始之前，到茜姊離開我們以後，我都沒有見過她，也沒有再回到設施這裡過。」

——對警方說了什麼證詞。

「白天我提議到這座設施後面探險的時候，茜姊強烈地警告我說『後面有一片陡峭的懸崖，不可以靠近。』而且強調『絕對不可以去。』因此茜姊本人是知道設施後門危險一事。」

——本案的可疑之處。

「如果沒有人叫她過去，知道後面危險的茜姊不可能在晚上一個人去懸崖那邊吧。」

手塚佳音，十八歲。現在仍住在集合住宅區內，只不過在遠方的高中讀書。她也跟律一樣，是因為不良行為來到兒童相談所，進而認識茜。她主要是順手牽羊的慣犯。九歲的時候，據說佳音順手牽羊的事曝光，真鶴茜因而介入她的家庭。

——有關真鶴茜的死。

「我也跟律一樣。茜姊身體不適回到設施之後，我就沒見過她。」

——對警方說了什麼證詞。

「我在煙火大會途中從沒有離開野餐墊過，但其他成員卻以要去上廁所或買東西吃為由頻繁地離開。除了我以外的所有人，都曾經有一段時間不在野餐墊這邊。」

——本案的可疑之處。

「在煙火大會途中，大家還會頻繁地離開，有時候甚至很久沒回來。我覺得這很不自然。」

真鶴茜推定死亡的時間，就是在煙火大會進行中。

武井周吾，十八歲。現在就讀住宿制高中，暑假期間回到老家集合住宅區。九歲的時候，因為母親精神狀況出問題，所以與兒童相談所有了連結，他後來被舅舅收養，當時兒童相談所的負責人就是茜。

——有關真鶴茜的死。

「我在煙火大會開始之後，曾為了拿錢包回設施一次。雖然跟茜姊簡單講了幾句話，但不覺得她有哪裡奇怪。」

——對警方說了什麼證詞。

「茜姊說她『身體不適』而回到設施。但我見到她的時候，她很有精神。看起還沒有不舒服，也沒有躺著休息。我覺得她說身體不適是謊話，應該是為了其他理由而折回設施這邊。感覺好像在等人。」

——本案的可疑之處。

「茜姊在等人。似乎是刻意避開煙火大會、避開他人耳目那樣。」

越智藍理，十八歲。現在仍住在集合住宅區內，跟櫻介同樣就讀當地高中。十歲的時候，她的父母吵個不停。當事情發展到會在藍理面前大打出手的時候，茜發現了逃出家門的藍理，兩人於是有了連結。

——有關真鶴茜的死。

「我在煙火大會途中，曾有一次為了上廁所而回到設施。因為會場的廁所人很多，加上路上很黑，我會怕，所以請櫻介陪我一起回來。但我在一樓上廁所，沒有見到茜姊。」

——對警方說了什麼證詞。

「我在一樓上廁所的時候，茜姊曾經下來一樓跟櫻介說了點話。我沒有聽見他們說了什麼，但記得那時候二樓好像有什麼聲音。」

——本案的可疑之處。

「茜姊應該在煙火大會進行中，偷偷跟某人會面了。」

古谷櫻介，十八歲。住在集合住宅區，跟藍理一樣就讀當地高中。

十歲左右，因為母親住院，只能跟父親兩個人一起住。父親精神狀況出了問題，櫻介不時會被關在集合住宅的陽台上，兒童相談所的真鶴茜因而介入。

——有關真鶴茜的死。

「如同藍理所說，我也曾回到設施。我在一樓等藍理，然後茜姊就下來跟我講了一些話。她看起來非常疲倦，但我也就那樣跟她道別。這就是我最後見到茜姊的狀況。」

——對警方說了什麼證詞。

「我見到茜姊的時候，她的右手包了繃帶，上面還有滲血。她本人是說『不小心被菜刀切到』，但我想應該是說謊。」

——本案的可疑之處。

「我們只在白天用到菜刀。我想她應該是被什麼人攻擊了吧。」

真鶴美彌，十七歲。現在已經搬離集合住宅區，就讀遠方的高中。

是比真鶴茜小了十四歲的妹妹。她們的母親在年輕的時候懷了茜，在幾乎等同私奔的情況下住進集合住宅區，等生活比較穩定了之後才生下美彌。據說姊姊儘管忙碌，仍很疼愛美彌。

——有關真鶴茜的死。

「煙火大會開始之前，我因為擔心姊姊的身體狀況，所以曾回到設施過。她看起來確實滿有精神的。那就是我最後看到的姊姊身影。」

——對警方說了什麼證詞。

「從姊姊體內驗出的酒精，似乎成為警方判定她是意外死亡的關鍵，但姊姊平常就習慣飲酒，酒量其實很好。姊姊只是在事發之前喝了一罐燒酌調酒，那樣子她基本上不會醉的。」

——本案的可疑之處。

「姊姊沒有醉。她應該仍具備判斷能力，不可能在晚上接近那片懸崖。」

——補充。

「這是後來警察告訴我的。警方判斷櫻介剛剛提到的傷勢，毫無疑問是他人造成的傷口。」

統整一下所有人的發言。櫻介等人對警察陳述的內容如下：

身為兒童福祉司的茜，帶著一群跟自己有關的小孩出外旅行。

為了欣賞煙火，大家在從設施走路五分鐘的道路上鋪設野餐墊。

煙火開始前，茜因為身體不適回到設施。美彌也為了探望姊姊曾經回去設施過。

但茜看起來很有精神。

煙火開始後，成員各自自由地離開了野餐墊。

周吾為了拿錢包前往設施，然後又回到野餐墊。

藍理與櫻介為了上廁所前往設施，櫻介曾在這時跟茜講過話。在這段時間，茜很可能在二樓跟某個人見了面。這時候，她的右手已經受了重傷。

在煙火大會途中，真鶴茜從設施後方的懸崖墜落，死亡。那座懸崖是她本人曾經警告小孩們「不可靠近」的地方。

茜酒量很好，並沒怎麼喝醉。

但警察卻判定這是酒精造成酒醉狀態，導致的「意外死亡」。

⋯⋯

做完自我介紹之後，沉重的靜默填滿餐廳。

所有人都垂著頭不吭聲。只有周吾靜不下心用手指敲著桌子的聲音，還有冷氣的運轉聲音空虛地響著。

一陣悶痛竄過櫻介胸口。

佳音用「不願回想起的過去」形容。的確是這樣，實在很難承受。

「現在重新審視過，確實很奇怪呢。」藍理嘀咕。「這件事竟然被當成意外處理。」

沒錯，即使從小孩的角度來看，也能判斷那不單純是因為失足墜落造成的意外死亡。在煙火大會途中，有個可疑人士偷偷與茜碰了面，那個人身上背著拿菜刀襲擊茜的嫌疑。

——不管怎麼想，推斷「有人把茜推下懸崖」才比較合理吧。

連年幼的櫻介等人都直覺性地這麼推測，所以才好幾次要求警方重新辦理這樁案子。

櫻介在桌子下握緊拳頭。

「警方根本沒有聽取我們的證詞。」

佳音自嘲似地笑了。

「我現在還記得。我們一起去了警察署對吧？還哭著對他們說：『拜託你們仔細調查。』」

「對，我們真心吶喊，當然不可能忘記。」美彌同意。

才剛見面的這一群人，很難說有在這趟旅程中熟稔到成為知己的程度，但事情牽涉到茜就不是這樣了。大家帶著哭個不停的美彌，一起前往警察署。而且還特地前往案發地區的管轄警察署，並不是老家當地的警察署，向警察說明這一定有問題，不可能是意外事件。

但負責辦案的刑警只是冷淡地對應，用覺得他們很麻煩、同時帶著憐憫的眼神看著他們。並不斷強調因為沒有人目擊，所以那是一起意外。

回到集合住宅區之後，大家在住家大樓後的某塊空地繼續哭。只有某人踢在汽油桶上發出的聲響，以及美彌啜泣的聲音殘存在櫻介耳裡。還是個孩子的這群人實在太無力了。

那就是這群人最後一次聚首。

「應該因為只是小孩子的證詞，所以不當一回事吧。」

周吾難受地說。

「沒有人願意聽我們說話。案發之後，我在集合住宅區被問了好幾次白痴問題。有好幾個人假裝擔心，跑來問我說『你真的什麼都不知道嗎？』但問話的人眼睛卻閃閃發亮。」

「我懂，我超級懂。」

律笑了。

「我也被鄰居阿姨糾纏了一陣子。那些人除了在集合住宅區的角落講八卦之外，是不是沒有其他事情可做了啊。」

「根本沒有人察覺我們有多受傷。」

周吾或許是想起當時的憤怒了吧，聲音裡面帶著一些火氣。

櫻介也是經歷過這一切的人，所以他很清楚。眼前這群人比任何人都更想知道案子的真相。大家是為了真鶴茜的死而悲嘆的受害者，卻被當成隱瞞案件真相的加害者。

長久以來，櫻介一直忍著因為懊悔，而想要痛揍這些三姑六婆一頓的衝動。

「簡直像一所監獄。」

櫻介嘀咕。

律聽到他這唐突的一句話「嗯？」地看了過來，櫻介儘管覺得丟臉，還是解釋了一下：

「不，只是想說我從小就覺得那個集合住宅區像監獄。那裡是監獄，我們是囚犯。無論囚犯怎麼吶喊，外界都聽不到。大概是這樣。」

監獄這個詞彙讓櫻介突然想起一位少女。

他繼續說：

「大家記得井中澪的事情嗎？」

周吾和佳音抽了一口氣般睜圓了眼。

藍理低聲地說：「那是誰？」櫻介於是補充：「不記得嗎？從集合住宅區的陽台摔死的小孩。」藍理這才「啊啊。」地點頭。

美彌一臉沉重地低聲說：「確實有這件事呢……」

大概是在那趟旅行前八個月吧，一個十歲大的女孩在重下集合住宅區身亡。女孩的年紀剛好跟櫻介一樣，新聞報導表示她爬到陽台的冷氣室外機上面後，一個不小心摔死了。

「當時沒有任何人關心她。別說關心了，集合住宅區的人甚至只會傳一些無聊的八卦。完全沒有人為了她的死而惋惜。」

電視新聞台上採訪到的，都是盛裝打扮過的集合住宅區鄰居。說些跟井中澪遺族有關，但真假不明消息的人們。櫻介打從心底蔑視這些人。結果她的家人逃難似地搬離了這集中住宅區，櫻介永遠不會忘記，他最後看到井中澪弟弟臉上那無比悔恨的表情。

講出下一句話的聲音變小了。

「就是那時候開始，我覺得集合住宅區根本是監獄。」

雖然從未對任何人表明，但這些成員應該能夠理解吧。

他們應該也都經歷了背負悲痛的幼童時期。律每天打架、佳音每天重複著順手牽羊、周吾跟心理狀態有問題的母親生活，藍理則是處在雙親不停大吵的家庭環境。

——心臟被貫穿的寂寥感和足以窒息的封閉感。

藍理微笑說：「是啊，真的是監獄。」

「但茜姊是唯一的救贖。集合住宅區裡願意聽我們說話的大人，只有茜姊。所以我們都很喜歡她，對吧。」

其他成員也同意似地點點頭。

對他們來說，茜就像是個女神般的存在。

所以失去她，以及警方不願採納證詞的態度，才會這麼深深地挖穿了這些孩子的心。嚴重到讓他們甚至不願再次想起。

真鶴茜是他們所有人的恩人。

「很難說呢。」這時美彌銳利地指出。

「什麼意思？」櫻介問道。

「不，我只是想說『我們都很喜歡她』是不是一種欺騙……對不起，我真的忍不住想說破這點。」

美彌的聲音帶刺。

「大家應該多多少少察覺了吧？這封信指出的可能性——如果姊姊不是意外死亡，而是他殺，那麼嫌犯就在我們之中。說得更簡單一點，我們之中的某個人殺害了真鶴茜。」

所有人的表情都僵住了。

「……說得也是。」櫻介認同。

外來犯人的可能性很低。

在旅行途中，設施裡除了茜與小孩之外感覺沒有其他人。六個小孩在煙火大會途中，雖然幾度往來設施與會場之間，也沒有人看到可疑人物。如果只是路過犯案的強盜殺人，很難想像會刻意把茜帶到懸崖邊再行殺害。

犯人並非外來，那麼就是這六個人其中之一將她殺害。

把櫻介等人關在這裡的威脅者，或許也是同樣想法。

美彌繼續以帶刺的語氣說：

「殺了姊姊，還厚臉皮地假裝自己很敬愛她的人物就在這之中。」

「妳果然贊成嗎？」周吾摸了摸後頸。「如同這個威脅者所說，揪出殺了茜姊的犯人。」

「是，當然我不認同威脅或監禁等做法。但我與對方同樣想知道那起意外的真相，並且能理解為什麼對方在這個時機安排現在這個狀況。」

「時機？為什麼？」

「因為這是我們六個人能聚首的最後機會了。」

確實有理。

到了明年，櫻介就要離開集合住宅區。其他成員也會因為升學或就業而旅居全國各地吧。一旦如此，即使收到威脅，或許大家也不會過來。而若這是考前發來的威脅，大家應該也會猶豫吧。畢竟不是放暑假期間，也很難前來這座設施。

「我認為應該再討論一次，即使那是一段不願回想起的過去。」

美彌斬釘截鐵地說道。

「我不想再逃避了。」

律彷彿跟著她一般，開口主張：「我贊成，反正也逃不出去。」

櫻介凝視著放在桌上的信件，那是真面目不明的威脅者提出的指示。

儘管櫻介理解美彌與律的主張，但也不能否認他還是不免覺得有些危險。他不認為遵從一個會偷拍、威脅甚至監禁他人的人的指示，是正確的選擇。

——就算揪出了犯人，威脅者真的會若無其事地釋放我們嗎？

涔涔汗水流下背部，竄過的不安令背脊發寒。

「說起來，我們做得到嗎？」

藍理輕輕舉手發言。

「我們只能憑藉彼此七年前的記憶對吧？也沒有證據。連警方都認定這是意外死亡。面對這種案件，我們在這狹小的房間說些『他很可疑』、『你有問題』之類的話也是沒意義，只會留下禍患吧？」

這也是很合理的意見。

威脅者的行動太慢了。即使現在命令人回想起七年前的事，當時的記憶也已經很淡薄了。

「我也持同樣意見。」周吾表示。「假設知道犯人是誰好了，之後呢？要交給威脅者嗎？我們不知道對方的目的是復仇還是什麼，但我們真的要協助對方嗎？」

藍理與周吾似乎連討論都不想。

一陣子沒說話的佳音也說：「我也差不多吧。」

兩人贊成，三人反對。

美彌問：「櫻介學長你呢？」坐在櫻介左邊的美彌眼神相當嚴厲。

櫻介閉上眼，開始思考。

腦中浮現的是哭個不停的美彌身影。七年前的她也是一直哭訴「這樣太奇怪了」，沒錯，這很有問題，不可能可以接受。竟然所有人都無法說明，那天一起行動的真鶴茜為何死去、這樣不自然的狀況為何會發生，這太奇怪了。有人隱瞞了真相、藏起了本意，然後說謊。沒有為了自己的所作所為贖罪，繼續生活著。

對了——說謊。

櫻介腦中突然閃過一個點子。

一旦下定決心便不再猶豫的櫻介試著表示。

「我們還是大家一起討論一下看看吧。即使只是一點小事也好，只要能把情報連結整合，或許就能接近真相了。」

「該怎麼做？」

「互相指出對方的謊言。比方說——」

櫻介繼續說。

「剛剛佳音說謊了。」

佳音「啊？」地發出帶有威嚇感覺的聲音。

櫻介繼續跟蹙起眉頭的大家解釋。

「剛剛說的證詞。她說她從未離開野餐墊是騙人的吧？大家記不記得俄羅斯輪盤章魚燒？那是藍理突然買來，要每個人各吃一個。但那時候佳音不在場，她因此順利逃過了。我記得是這樣。」

律「啊啊」地笑了，「有呢，我吃到會辣的那一個。」

美彌也肯定地表示：「有，我記得。」周吾也點了點頭。

「我們並沒有完全忘記七年前的記憶。如果像這樣舉出有好幾個人都有印象的體驗，或許能採出什麼蛛絲馬跡。我很想知道茜姊是為什麼過世的。」

七年前警方不肯採納大家的證詞，理由或許是因為當時大家只是一群孩子；但現在有願意接納這些證詞的人，就是比七年前更聰明了一些的自己。

律一副「說得是」的表情勾嘴而笑。

目前有三人贊成、三人反對。

藍理死心似地深呼吸一口氣。

「……我明白了，就好好講開看看吧。」

到了這個階段，周吾還是一副很不服氣的樣子。不知道是不是習慣了，只見他依然用手指敲著桌面，不情願地說：「……我反對。」

最糟糕的狀況，就是除了周吾以外的五個人繼續討論了。

櫻介看向最後一個人。

被點出說謊的佳音覺得尷尬地別開了目光。她的手肘撐在桌面上，正把玩著自己的瀏海。看起來很像在鬧彆扭。

「也是啦。」後來，佳音陰鬱的聲音傳來。「從我開始說比較好吧，這樣一直被當成騙子也是很討厭。」

她放開自己的瀏海。

「我剛剛只是想要包庇某個人。要是我沒頭沒腦地說出一個可疑人物的名字，只會讓大家更混亂吧？」

「可疑人物？」美彌反問。

「對。旅行途中，有個人跟茜姊好像偷偷摸摸在做些什麼。我認為是這個人拿菜刀攻擊了茜姊。」

桌子上出現動搖造成的低吟聲。

——用菜刀攻擊真鶴茜的犯人果然在這裡？

這是很有意思的資訊，是現階段最具嫌疑的人物。至少可以說那個人對茜抱持強烈的傷害意識。

「那就由我來說吧，我看到的茜姊的祕密。」

佳音先做了個開場白，然後開始述說。

儘管她說不願回想，但她的話語卻如流水般並未止息。

於是，圍繞七年前狀況的議論開幕了。

手塚佳音的證詞

我不想被當成犯人，所以我會說出一切。

我看到的茜姊，還有在旅行中窺見的小祕密。

要說明我發現這些的理由，就必須從我認識茜姊的經過講起。

雖然還是有點猶豫，但我會老實托出。請各位認真聽，也不要鬧我，好嗎？這一切都是為了看清案情真相而說。

小學三年級時，我受到霸凌。

我之所以成為霸凌對象的原因，其實是很小的一件事。當時大家都說，班上受歡迎的女生買的方格花紋鉛筆很可愛。我當時帶著友好態度，在大家面前問她說：「那是在百元商店買的對吧？」但這個行為被她們當成我在挖苦人，所以那個女生決定不理我，甚至暗地裡還說「佳音個性很惡劣」，我馬上就被班上同學孤立了。

不過這就是很常見的霸凌，只有這樣是還可以忍受。

可是，當時的班導卻比這個更噁心幾十倍。

那傢伙真的是個垃圾，他跑來對我性騷擾。

那是個年輕男性教師，大概二十多歲。原本就因為有時候會亂看女生的身體，因此風評不是太好。這傢伙知道班上有霸凌問題，然後佯裝要跟我討論此事，好幾次把我叫去空教室面談，而且每次都會亂摸我，真的噁心死了。他會假裝擔心我，碰我的肩膀。一邊說著鼓勵我的話，一邊摸索內衣線條般用拇指磨蹭，讓我渾身發毛。這個狀況在沒有人看得到的地方，變得愈發嚴重。

我其實也有鼓起勇氣跟父母商量，但他們完全不當一回事。他們認為這種事情不會發生在小學三年級的女兒身上，還笑著說「是不是妳想太多了」呢。

當時的我對世上一切都感到憤怒。

我希望幼稚的同班同學、噁心的班導，和遲鈍的父母都可以消失。

所以我才開始順手牽羊。

下手的地方是山鮮超市，大家都知道，那是集合住宅區內的超市。下手的目標則是以零食為主，我當然不是因為肚子餓才這樣做。當我把商品帶到店外，撕下商品包裝一角放進口袋之後，心情就會舒坦許多。五顏六色的包裝邊角對我來說，既是戰利品，也是勳章。當時我心中還產生一股「那些霸凌我的同學做不到這件事吧」的奇妙優越感，也覺得自己是想表現出「我不會任憑父母和教師擺布」的想法。

我雖然理解這是不好的行為，卻已經無法阻止自己。

你們可以不用理解，我也沒有想要你們理解。

總之，我一直反覆順手牽羊，並且收集零食包裝的邊角。即使店員抓到我、教訓我，我在下一週還是會繼續扒竊。

真的是個壞小孩。

但當時我真的不知道該如何是好。

霸凌沒有停止。我是順手牽羊慣犯的八卦傳開，女生們於是更加不理我，消息也傳進班上男生耳中。罪犯這種汙名似乎給了他們伸張正義的名分，霸凌行為也愈演愈烈。

某天回家途中，有個男孩在集合住宅區暗處對我丟石頭。跟女生的霸凌不一樣，男生的行為真的簡單明瞭。儘管我很不爽，但對面有四個人。我覺得這樣開打我打不贏，於是只能默默忍耐。

我下意識地按著口袋。

對方似乎察覺了什麼，逼我交出去。儘管我抵抗了，但他們按住我的身體，把我的口袋掏空。然後我累積下來的戰利品被他們拿走，整個攤開。還不當一回事地說「根本就垃圾」，同時附帶「真搞不懂罪犯腦袋在想什麼」這種汙衊的話語。

我真的很難過。

哭著叫他們住手。

當我的眼淚落下時——一個男孩帥氣地衝進來。

簡直就像英雄。

他很勇敢地出手攻擊那四個人。

我一開始很感謝那個男孩。我抱著彷彿少女漫畫女主角般的心情凝視著他，無比感動。

但這種浪漫的心境馬上煙消雲散。

因為那個男孩明顯地打得太過火了。

他手上握著拳頭大小的石頭，毫不猶豫地往對方頭上砸。雖說是小學三年級，但那股氣勢讓人覺得要是一個不小心，可能會打死人的程度。即使是四對一的局勢，那個男生也不當一回事。

包圍我的男生們發出慘叫，鳥獸散了。

逃跑的男生之一身上骨折，之後演變成一大問題。因為那個男生的父母跑去報警了。

警察去跟兒童相談所說有這樣一個小孩，也因為這個關係，我順手牽羊的事情被兒童相談所知道了。

於是我認識了真鶴茜姊姊。

打架事件發生過後，兒童相談所的兩個職員來了我家。

雖然我並不清楚詳情，但應該是類似家庭訪問之類的吧。可能擔心我是因為餓肚子才順手牽羊。

相談所職員、父母和我共五個人進行了面談。父母很吃驚。因為超市那邊至今都沒有報警，所以他們並不知道我順手牽羊的事情。父母以失望的眼光看著我。

我像是被這樣的反應驅動，說出了一切。

雖然我沒有自覺，但我還是最喜歡父母了。我不想被他們拋棄，希望他們能同情我、安慰我，並且為沒有傾聽我煩惱一事道歉。

包括被霸凌，還有被班導性騷擾的事情——全都說了出來。

父母的反應有如第一次聽說。

這真的讓我很難過。

「你們驚訝什麼？我不是跟你們講過了嗎？都不記得嗎？」

我瞪著他們。

我真的無法原諒，不斷哭鬧。

但當時我犯了一個大錯。因為太興奮捶桌子的關係，原本藏在口袋裡面的東西掉在地板上了。就是我偷來的零食包裝切角。

時機真的很糟。

我不禁「啊」了一聲。

其實只要當下含糊過去就好了，但我因為陷入恐慌狀態而手忙腳亂。我不想讓父母更加失望，因此想要藏住那些包裝切角而舉止怪異。

大人們似乎也察覺了，那些都是我順手牽羊的證據。

客廳的氣氛整個僵住。

當我急忙想撿起那些切角時，眼前的女性搶在我之前將之取走。

我很怕會被她罵。

我想不可能有人理解我想要保留順手牽羊戰利品的理由，所以我當時很想哭，覺得大人應該會拋棄我。

不過這個人不一樣。

她看著紅色包裝紙切角，溫柔地微笑。

「這是佳音的寶貝嗎？很漂亮耶。」她說完，把那張切角還給我。

那個人就是茜姊。

至今我仍無法忘記。她留著有點燙捲的鮑伯頭，有些稚嫩卻明亮的雙眼，以及溫柔地對我微笑的嘴角。

面對急忙表示「我們馬上去丟掉」的雙親，茜姊只是溫柔地以一句「不需要這麼做」回絕。她說，順手牽羊本身雖然不應該，但要是丟掉了寶貝，佳音可能真的就會封閉自我了。

「請你們好好聽佳音所說的話。」

茜姊這麼說。

我整個人傻住，我過去從未見過這種類型的大人。

我覺得自己好像獲得了救贖，好想哭。

我的話語自然地吐出，這回是以平靜的心情，把累積的情緒吐露出來。

茜姊邊聽邊回應，很有耐心地聽我全部說完。

隔天，茜姊似乎立刻聯絡了學校。我們班的班導馬上換人，我也不必再害怕前往教室了。就像是魔法一樣。

茜姊對我來說，真的是恩人。

雖然班上同學持續不理我，但我並不因此難過。因為我已經放棄跟班上同學好好相處，並且在集合住宅區交到別的朋友了。

在那之後，我偶爾會在集合住宅區裡和茜姊擦肩而過。

當我說「妳好」問候，茜姊會壓低身子到視線與我齊高的位置，並且問我「最近好嗎？過得如何呢？」之類的話。

那時的我很雀躍。就算只是講一些諸如「妳昨天有沒有看電視？」或「營養午餐的甜點很好吃。」之類的不重要內容，我也很高興。

我再也沒有順手牽羊了。

因為我不想讓茜姊傷心，我已經變得很喜歡茜姊了。

前言有點長呢。

差不多要開始講旅行的事情了。

過了兩年，我見到茜姊的頻率確實降低了。

她不再拜訪我家，即使在集合住宅區看到她，我也不再主動搭話。因為茜姊看起來很忙，我不好打擾她。

所以當她突然邀我去旅行的時候，我很吃驚。那是我小學五年級時的七月。茜姊突然來我家，跟我母親談了一下。

「我正在安排跟集合住宅區裡的小孩一起夏季小旅行的企畫。希望佳音務必一起參與。」

她這樣對母親說明。

我母親非常信任茜姊，所以談話進行得很順利。茜姊開朗地問我：「如何？佳音願意參加嗎？」

只不過，我的心裡有點尷尬。

「該不會也有男生一起來？」我問道。

我並不是很懂男性這種生物。說得更明確一點，我很害怕男性的性欲。班導做的事情造成了陰影。儘管寢室不同間，我要我跟不認識的男生一起過夜，我心裡只有不安。

小學五年級的男生正好是對情色開始好奇的階段。雖然嘴上老是掛著「奶奶」、「內褲」的行為很幼稚，但我覺得那樣很噁心、很想吐。因為我會想起班導的手指感覺。

我沒辦法馬上回覆。

但我覺得茜姊看穿了我的擔憂。

「雖然還沒確定所有成員，但福永律會來唷。」她如此告訴我。

我很驚訝，因為我知道這個名字是指誰。

沒錯，在一次霸凌之中拯救了我的那個男孩——就是律。

我一直很在意他，因為我最後還是沒能跟他道謝。現在回想起來，那應該是類似初戀的情感吧。

雖然我怕男生，但如果律會來那又另當別論。

我於是活力十足地回話說：「我去。」

「嗯，務必要來喔。」茜姊笑著對我說。

現在想想，我應該抱持更懷疑的態度。

因為那是在還沒確定所有成員的情況下，只確定律一定會參加。

我應該更注意一下這之間的不協調感。

然後旅行的日子到來。

我不會忘記。八月二十三日，我們搭上茜姊租來的廂型車，造訪設施。我們抵達之後先簡單打掃過，就在外面烤肉了對吧。

一開始我們彼此都很緊張，因為幾乎是一群沒見過彼此的人聚在一起。我雖然知道律是誰，但也沒跟他說過話。在去程的車上，大家都在摸索。不過因為律和櫻介很會聊，所以大家也漸漸聊開了。

我們其實很合拍呢，應該是因為每個人身上都有兒童相談所必須介入的問題吧。只有比我們小一歲的美彌，直到最後都有點放不開。

烤肉大會當天晚上，當我們在打水槍戰的時候，就已經打成一片了。

但是，我心裡卻有一項疑問。

我很難有機會跟律說到話。

當然，因為我面對律的時候心裡會小鹿亂撞，所以也不是那麼積極地跟他攀談。然而，更關鍵的問題是，律忙碌地東奔西走到接近不自然的程度。他依序跟櫻介、周吾、藍理和我說過話之後，又跑去找別人。就算先跟我說了些話，也馬上轉向別人。

然後會看看茜姊，簡直有如在用眼神溝通。

因為我一直看著律，所以我有察覺。

即使在烤肉的時候，他們兩個也常會講起悄悄話。而且會避免引人注目，只是不著痕跡地那麼做，有時則是默默地互相點頭。

大家都沒發現嗎？

嗯，可能只有我發現，因為我一直看著律。

——茜姊和律計畫在這趟旅行做些什麼。

我心中的疑問愈來愈強，心想他倆究竟想做什麼。

不過我沒辦法逼問他們，因為我不想被茜姊討厭。

啊啊，對了，途中跟律講過一件事。

我們打完水槍戰，大家一起在做烤肉大會的收拾工作。

我負責洗碗。

就在我洗完的時候，律跑來問我：

「佳音，妳知不知道菜刀放在哪裡？我在找菜刀。」

我不知道他為什麼要問這個，我什麼都不知道。但因為負責切食材的是茜姊，所以我想應該已經收起來了吧。

我這樣告訴他，律就睜圓了眼睛。他的拳頭稍稍抽動了一下。

我因為很怕，所以記得很清楚。我知道他有一些暴力傾向，我曾親眼看過他暴怒時有多可怕。

律立刻轉頭，投以銳利目光。

他的目光所向之處，可以看見茜姊的身影。

我帶著依然不是很能接受的心情，只有時間持續流逝。

玩樂結束後是讀書時間。雖然不想在旅行中寫什麼暑假作業，但因為是茜姊的指示，所以也沒辦法。儘管嘴上抱怨，但我還是一邊喝著冰涼的汽水，一邊寫作業。

到了傍晚，我們出去參加煙火大會。

我們在神社周圍的道路上鋪好野餐墊，大家一起躺在那上面。因為我們提早來占位子，所以找到超棒的點呢。眼前是滿滿一片被山脈與山脈包圍，悠閒而廣闊的田園景象，連天氣都是舒適的晴天。

但茜姊突然身體不舒服。

她一臉很難過的樣子說「我先回去休息一下」，便一個人回到設施了。

在煙火大會開始前，我們應該有輪流去逛攤販吧。

當猜拳猜輸的我跟美彌負責留守時，美彌問我：「我可以去看看姊姊的狀況嗎？」我於是目送她離去。

當我變成一個人留守時，周吾回來說「我把錢包忘在設施裡了。」他也問我「美彌人呢？」我說「她去探望茜姊。」之後，周吾說「那還是不要打擾她們好了。」並且跟我換班留守。雖然這段問答有點意義不明，但我還是去逛了逛攤販。

我大概就記得這些。

我想煙火大會開始的時候，大家應該都回來了。

第一發煙火特別讓人印象深刻。

那真的是很漂亮的煙火，紅色火焰「啪」地在夜空高高張開。附近漆黑的農田瞬間被火光照耀，白色火焰一邊發出如下雨般「嘩啦嘩啦」的聲音，一邊朝蔥綠稻穗落下。我還跟藍理一起擔心，不知道會不會引發火災。

煙火大會六點半開始，八點半結束。

茜姊的推定死亡時間是在七點到八點之間。

沒錯吧？悲劇就是這個時間點開始的。

只不過，抱歉，接下來的事情我就不太記得了。占據我腦海的，只有律和茜姊的事情。

——他們兩個在計畫什麼？

——他們兩個為什麼要用眼神交流？

我滿腦子這些疑問。

我很想問，也很想跟律道謝，謝謝他拯救了我。或許我也想過要跟他告白，當時的我真是個純情女孩呢。

總之，我很希望能跟律單獨相處。

我盡可能地不離開野餐墊，一直在觀察有沒有機會跟律一對一對話。一旦煙火大會開始，我想其他人應該會因為要去逛攤販或上廁所，而離開野餐墊幾次，而且應該會消失好一段時間。六個人都在的時間應該相對比較少吧。

我一直在觀察律。

他始終有些坐立不安。感覺儘管仰望著天空，也沒有真正欣賞煙火。

然後，我終於等到時機到來。

我想應該是在煙火大會中段的時間，他一邊說「我去個廁所。」一邊從野餐墊站起來的瞬間。

我於是不管其他正在欣賞煙火的人，起身追上他。

我簡直像跟蹤狂那樣跟在律的後面。心臟狂跳、臉頰發熱，所有想說的話語全部卡在喉嚨，讓我沒辦法喊他。連一句「我們一起走吧」都說不太出口。

從結論來說，我沒能跟律說上話。

因為律他突然跑走了。

專心一意地。他拚命到地往茜姊所在的設施跑去，甚至到了讓人覺得不該叫他的程度，就這樣強行穿過人潮。

再怎麼樣都會察覺吧——我只會妨礙他們。

律和茜姊之間的關係，完全沒有我能介入的餘地。

以上就是我的證詞。

剩下應該是要確認大家都知道的事實吧。

煙火大會結束後，我們跟不知何時已經回來的律一起回到設施。設施沒有上鎖，茜姊也不在裡面，但是她的錢包和手機放在這裡。那天晚上，我們心中抱著不安睡去。隔天早上，警察造訪設施，我們才知道茜姊的死訊。

針對這個案子，我什麼都不知道。

但是我知道有人在旅行途中，一直跟茜姊採取了可疑的行動。包括他在意菜刀在哪裡的問題。

我之所以騙大家說「自己一次也沒有離開野餐墊」，是因為我想包庇律。儘管沒有證據指出他殺害茜姊，但他毫無疑問非常可疑。

還有，我果然還是不太願意回想。

真的很受打擊，現在也還是我的心理陰影。

畢竟幾個小時之前還正常交談的恩人就這樣死去了。

心好痛。現在一邊說也覺得很痛苦。

⋯

大家聽完佳音的證詞。

櫻介在腦海裡整理相關情報。聽到由他人口中陳述、但自己也在場的事件，讓他覺得很奇妙。明明是一起體驗過的事情，卻有種新奇的感覺。

總之他對佳音說：「佳音，謝謝妳。辛苦了。」

佳音所說的內容中，值得注意的部分有兩點。

第一點——真鶴茜安排這趟旅行的目的。

原本聽說旅行只是想創造回憶。但照佳音所說，旅行中，茜和律之間有著可疑的眼神交流，或許背後隱瞞了其他意圖。

第二點——用菜刀砍傷真鶴茜的人物。

關於這一點，雖然一直不明確，但佳音的證詞讓嫌疑犯的存在浮出檯面。在事件發生之前，律表現出在意菜刀去向的態度。

總之，下一個該表態的人已經決定了。

「律，你剛剛說『沒有再回到設施這裡過』對吧？那是假的吧？還是你想主張是佳音記錯了？」

櫻介這麼說，律輕輕吐了吐舌頭，像是謊言被揭穿後覺得害羞那樣。

接著似乎要換他說明了。

在煙火大會上，他到底和真鶴茜一起做了些什麼。

福永律的證詞

我沒想到會這麼快就輪我上場。

我其實很想在最高潮的段落登場，但這也沒辦法。

好啦，下一個換我。沒關係，就讓我分享祕密給各位。

首先容我明確表示，佳音的證詞沒有記錯的部分。我跟茜姊是基於某種目的而行動，並且因為其他理由而在意菜刀的去向。

在煙火大會途中，回到設施也是真的。

我沒想到竟然被人看到了，謊言被拆穿真的很丟臉耶。

旅行途中，我和茜姊究竟做了些什麼？我為什麼要跑回設施？

就讓我照順序說明吧。說那些我可以說的部分。

有關我和茜姊的相遇，應該不需要再詳細說明了吧。基本上就是佳音講的那樣。

小學三年級的時候，我是個打架慣犯。只要有什麼事我就會馬上揍班上同學，甚至有揍到對方受傷過。

雖然這聽起來很像藉口，但我其實是個過於敏感的小孩。

我天生體質如此。一個人要是心裡有煩惱，我馬上可以看出來。只是跟班上同學擦肩而過，我也可以知道「這個人很痛苦」，即使那個人臉上帶著爽朗的笑容。

但是，這不是我想炫耀。

其實這樣的體質一直讓我的人生很痛苦。

因為，你們想想看喔，雖說能夠察覺他人正在痛苦，我也很難去解決。更何況我只是個孩子，即使我跟對方搭話，大多只是讓對方更加失意，或者反而惹對方生氣。

我只能選擇忽視。在一個住了幾千人的集合住宅區裡，每天過著能感受到擦肩而過鄰居苦惱的日子。

後來我開始頭痛，只要見到人就會頭痛欲裂，而且一天比一天嚴重。

於是我失控了。

我不斷打架。只有在我跟對方互毆的時候，我才能夠放空腦袋。排解鬱悶之後，才總算能回到原本平靜穩定的自己。

我之所以幫助佳音，也是出於這個理由，並不是正義感使然。

只不過我無法自制。我知道隔壁班有幾個男生打算去霸凌一個女生，我無法忍受。我跟蹤他們，看到佳音被霸凌的臉孔時，無法壓抑情緒。我徹底發飆，無法控制。

我做得太過頭了，讓對方受了重傷。對方甚至去報案，警察找上門來，後來我被送去兒童相談所。

這就是我跟茜姊的相遇。

我被隔離開來。應該是認為就這樣放我回家會有危險吧。

總之，我接受了所謂的兒童心理司？幫我做的一些心理諮詢。我後來才知道，我的狀況有明確的病名，算是一種適應障礙症。但儘管有病名可以說明，也對我沒有任何幫助。

我很討厭自己。一邊同情懷抱著悲哀的人們，一邊卻做著釋放暴力的行為。其實我傷人更多，但我不知道如何控制自己。

我很常找父母和教師討論，我到底該怎麼辦才好。但他們只會叫我不要找藉口，命令我忍耐。

無論在學校還是集合住宅，我都被當成燙手山芋。我在我居住的那一棟很有名，就是那個第二棟的壞小孩。大家都在說我是怎樣的壞小孩，接下來的去路不是少輔院就是監獄吧。大家都對我敬而遠之，我只覺得自己很丟臉。

「律很體貼他人呢。」

這麼對我說的，就是負責處理我案子的茜姊。

茜姊非常認真地聽我說話，並且尊重我的想法和意願。

她是真的擔心我，並且提出了一項解決方案。

「如果律看到正困擾著的孩子，記得不要累積不舒服的感覺在自己身上，儘管聯絡我。律可以轉變成幫助他人那一方喔。」她說。

據說在教育工作上是常用的手法。讓品行不良的孩子們負責某些工作，那個小孩就會開始認真做事、會拚命地回應大人的期望。

我也是一樣，我很想回報茜姊的期待。

因為沒有其他大人對我抱持希望。

「好厲害喔，多虧有律的幫忙，我又多幫助了一個困擾的小孩。」

茜姊很常這樣說，並稱讚我。

我原本就很容易發現正在受苦的人，再加上集合住宅區是這種空間，我於是發現了很多需要幫助的人。比方受到虐待的小孩、無法承受壓力而忍耐到真的動手前一秒的母親、不懂如何養育小孩而不知如何是好的父親。

只要報告給茜姊，她就能夠以居民通報為由採取行動。

我倆之間的關係非常理想。

遇見茜姊之後，我在不知不覺間不再使用暴力。茜姊比誰都具備想要拯救孩子的正義感。

儘管我們年紀差很多，但我跟茜姊仍是很好的搭檔。

那我從結論說起。

——我和茜姊是為了某個目的而計畫了這趟旅行。

旅行的成員都是與此有關的人，只有美彌是例外。那是我們設定旅行計畫之際，為了不讓他人太過起疑，而請她一起來罷了。

我們必須製造機會，讓櫻介、佳音、藍理、周吾四人能個別和茜姊單獨相處，而且過程還不能顯得太突兀。在集合住宅因為有住戶耳目，所以不太方便。如果能在兩天一夜的旅途中自然而然地安排時間，那是再好不過。

茜姊和我是為了某個目的而行動。

那麼，究竟是什麼目的？我現在還不能說。

等所有人都說完證詞我再說明。因為要是我現在說了，還沒陳述證詞的人可能會修改述說的內容。我想避免這種事情發生。

我答應各位，事後我一定會講清楚、說明白。

總之我協助茜姊，為了我們的目的先做準備。預定在第一天夜晚和第二天實行，在那之前最好能讓參加成員彼此熟悉，並且讓大家澈底放鬆，所以我也積極地炒熱氣氛。

當然，我也是很希望來參加的大家能夠好好享受旅行。

這是茜姊明確的需求。我希望大家不要誤會，我們絲毫不打算危害大家。我們希望旅行能成為大家美好的夏日回憶。希望讓在集合住宅區生活的孩子們享受充實的旅行

——茜姊真心這樣想，也是重要的目的。

我們希望大家能充分享受煙火，然後我們在暗中達成目的。

然而發生了意外。

完全出乎意料。沒想到我們邀請來的成員之中，竟然有憎恨茜姊的孩子存在。

接著說說從我的角度看到的這趟旅行吧。

我們並非安排了縝密的計畫。因為我們只是希望讓大家和樂融融地旅行，並且在途中偷偷找機會使茜姊能和各個對象一對一交談。這並非太困難的計畫。

我的工作只需要炒熱氣氛。在去程的車上，我就一直跟大家聊天。但在佳音看來，這似乎是有些可疑的舉止就是了。

不過，或許其實並不需要那樣做，因為我們馬上就熟起來了。當抵達設施，開始烤肉大會的時候，我們已經變得像是老朋友那樣。

我覺得我們甚至是玩得有點太瘋了。當我一邊吃肉，一邊拱說「我們之後去後山冒險吧。」的時候，茜姊還嚴厲地說「後面有一座危險的懸崖，不可以過去。」制止了我們呢。

只不過，在我們之中，有一個人顯然不是很盡興。

不，那甚至不是不盡興，而是充滿了憎恨。

在那趟旅途中，一直是。

那個孩子的眼裡似乎看得見熊熊燃燒的火焰。雖然也會跟其他孩子說話，但笑的時候也只是皮笑肉不笑，不是打從心底歡笑。儘管沒有人察覺，但我知道。

是武井周吾。

他總是以看到仇人般的眼神看著茜姊。

我很驚訝。我是第一次見到周吾，我完全不知道他在想什麼，但是我發現他憎恨茜姊。當茜姊在烤蔬菜的時候，他也一直以冰冷的眼神看著茜姊。

我雖然很想用眼神告訴茜姊有意外狀況發生，但是失敗了。

烤肉大會結束，當我們在庭院打水槍戰的時候，茜姊在設施裡面休息。我想她應該是顧慮正熱中於打水槍戰的我們吧。

我趁這個機會裝傻問周吾說：

「我看你不時會看著茜姊，你該不會喜歡她吧？」

我無法忘記當時周吾的眼神。

他一副想殺了我一般看過來。

接著極端不屑地咒罵：「別鬧了。」

儘管簡短，卻是非常明確的一句話，甚至可以確定他有多麼憤恨。

雖然想繼續追問，但我猶豫了。因為他的氣勢令人不禁倒吸一口氣。

所以我無法再介入更多。途中聽到櫻介哀嚎說鼻子進水，然後回去設施了。雖然大家都在笑，但只有周吾依然面無表情。

在這個時間點，我還沒有採取任何行動。

因為我發現周吾也是有什麼隱情，不過，應該還不至於是茜姊不知道的事情。我想說之後再跟茜姊討論，於是放到後面。

但隨著煙火大會開始時間接近，我愈來愈不安。

首先是菜刀。

這座設施過去是讓小孩們住宿的地方。菜刀收在可以上鎖的櫥櫃裡面，但有一把菜刀不見了。當我們在做烤肉大會善後工作時，那把菜刀消失了。我想一定是有人在收進上鎖櫥櫃之前，把它給藏了起來。

第二，是周吾的舉止有些怪異。

在移動到煙火大會會場之後，茜姊說「身體不舒服」回去設施，這是騙人的。因為為了實現目的，我們的預定是在煙火大會途中，我會盡量不著痕跡地引導成員回到設施，讓大家可以跟茜姊一對一相處。

但預料之外的事情是，周吾也很積極地想跟茜姊單獨相處。

當大家一起逛攤販的時候，周吾突然說了。

「我忘了帶錢包，回去拿一下喔。」

我還沒來得及阻止，周吾就奔向設施。我很害怕周吾跟茜姊獨處，希望那只是我杞人憂天。

但周吾沒有回去設施，不知道為什麼跟佳音換班留守。

我察覺到他的行為這麼亂七八糟的原因，因為那時候美彌回去設施了，周吾無法和茜姊獨處，所以周吾就暫時不急著回去拿錢包了。

我已經無法再相信周吾了。

在煙火大會開始之前，我回去設施一趟。我說要回去上廁所，離開了大家。

我是為了跟茜姊報告不翼而飛的菜刀，以及周吾的憎恨情緒等相關事情。

我回到設施之後，先去翻找了周吾的個人物品，到處都沒看到錢包。周吾顯然說了謊。我很確定，周吾編了個理由想回來設施，並打算藉這個機會跟茜姊單獨相處。

儘管缺乏證據，但我說出我的不安之後，茜姊點點頭說：

「嗯，如果是你說的，我就相信。」

她從不對我所說的事情一笑置之。

茜姊總是真心誠懇地面對我。即使一般大人會認為是我想太多笑著帶過，她也會認真地接納我的意見。

但是她太認真了。

「我知道了，我想我會直接跟周吾講清楚。」

我很驚訝。因為她竟然想跟可能藏著菜刀的人對話。雖說對方是小學生，但也已經五年級了，尤其周吾發育得早，個子也比一般孩子高。

「如果說周吾已經被逼到必須拿出菜刀來，我認為我有義務好好聽他說話。」

茜姊眼中充滿堅定的意志。

我最後雖然告訴她「現在的周吾真的很危險，要是妳被菜刀刺傷……」但茜姊的心意已決。「正因如此才需要。」她點點頭，然後只是開玩笑地說「為了保險起見，留封遺書好了。」

我只能就這樣離開設施。

在我回到野餐墊的同時，煙火大會開始。

我記得煙火很美麗。應該是一開始的第一發吧，發出「咻咻～」的聲音升天，接著「碰」地炸開了呢。我很感動。在這麼近的距離下欣賞煙火，光亮和聲音幾乎會同時到達。我第一次有這種體驗。

不過，在那之後的煙火秀，我幾乎都不記得。

我欣賞著煙火，滿腦子擔心茜姊的安危。周吾臉上一直掛著煩惱的表情，我於是偷偷跟他說「有什麼煩惱可以跟我說喔。」周吾雖然一臉意外地表示「你為什麼知道我在煩惱？」但也沒有多說什麼。

我知道他正苦惱著，也知道那樣的感情很迫切。

所以我才害怕。

我不知道該跟他說些什麼。

正當我困擾著時，櫻介突然對我說：「你肚子餓不餓啊？」

雖然是有點沒在察言觀色的發言，但也因此緩和了一點氣氛。他完全不知道我們的狀況，似乎一直在煩惱著到底該吃煎餃還是大阪燒。

周吾噴笑出來。

然後我也跟著笑了，這突如其來的意外讓我打從心底笑出來。

見男生們一起大笑，藍理跑來問我們在笑什麼，櫻介則是裝傻帶過。這時美彌建議大家一起去買東西，佳音則提議可以猜拳玩懲罰遊戲，場面因此熱鬧起來。

我記得這個瞬間。

雖然我一直協助茜姊，並且在意菜刀的去向，但旅行本身還是很愉快的。我也期待這趟旅行結束之後，大家可以交個朋友，甚至夢想著大家可以成為好朋友。

雖然事與願違就是了。

我相信茜姊的判斷，決定不要打擾他們兩人面對彼此。

不出所料，周吾說「我差不多該回去拿錢包了。」並離開了野餐墊。我目送著他離去。心裡期待周吾和茜姊能夠和平地好好講，並且消弭他的憎恨。

但後來回到野餐墊的周吾表情，看起來相當痛苦。

在不安驅使之下，我奔往設施，希望能夠盡早確認茜姊的安危。

我抵達設施，奔上樓梯，然後看到了案發現場。

我甚至瞬間忘了要呼吸。

餐廳滿地血跡，桌上沾滿了鮮血。而茜姊就在桌子前面按著右手，努力想要打開急救箱。

她顯然是被那個人攻擊了。

我幫茜姊包紮傷口，我一邊替她纏繃帶，一邊提議「叫救護車吧。」

但茜姊表示「沒關係，只是因為傷到手了，所以流了比較多血。」並不肯讓步。甚至還點點頭說「我跟周吾都講開了，沒事了。」

我實在不懂到底哪裡沒事了。

茜姊決定隱瞞周吾行兇一事。她努力地伸直了手，避免血跡沾到衣服上，也避免留下證據。

止血完畢後，茜姊拜託我「能不能幫忙擦一下餐廳的血跡？」還說「要小心不要被其他孩子發現。」

我流著悔恨的淚水，擦掉了地板上的血跡。

我不知道周吾和茜姊之間起了什麼衝突，但也心想有必要保護那種人嗎？

途中，櫻介和藍理回來設施。茜姊為了不讓他們上二樓而下去一樓，在那之間我也持續擦拭著血跡，專心一致地。雖然聽到交談聲從樓下傳來，但內容我完全沒有聽進去。

現在已經顧不得我們有什麼目的了。

之後就跟佳音的證詞差不多。

我擦掉血跡之後，與茜姊決定暫停執行計畫，回到野餐墊。雖然我很想痛揍周吾一頓，但我忍下來了。因為茜姊並不打算責怪周吾，且表示尊重他。加上我也下定決心不再打人。

我一副若無其事的樣子欣賞著煙火，然後跟大家一起回到設施。

我也跟大家一樣受到衝擊。

茜姊消失了，然後隔天早上得知了她的死訊。

以上就是我的證詞。

雖然中間有一些事情還不能說，但應該不重要吧？大家的好奇心應該已經轉往其他地方了，我也一樣。講著講著，感覺當時的怒氣全部回到身上。

周吾，就是你。我很想問你。

是你拿菜刀砍傷茜姊對吧？你為什麼恨茜姊？

另外我還想問，我當然有跟警察說這件事，而你當然也會被懷疑吧，那你是說了什麼而排除嫌疑的？我真的覺得很奇怪，茜姊的死竟然會被當成意外處理。

我就直問了吧。

周吾啊，是你殺了茜姊嗎？

武井周吾的證詞

這樣啊，我明白了。

雖然我不想參與討論，但被懷疑到這種地步我也不能默不吭聲，簡直把我當殺人兇手了。

沒辦法，我也說吧。在旅行的那一天到底發生了什麼。

老實說，我心情很沉重。

我要說的內容應該會給大家很大打擊。你們可能會在中途鄙視我，甚至想揍我。但為了解開案件之謎，我希望你們能認同我還是有做到坦承一切這點。

我也不是對真相沒興趣，當然有，所以我會老老實實地說。

我襲擊真鶴茜的來龍去脈，以及造成的結果。

我憎恨茜姊的原因，可以回推到我的幼年時期。

我原本並非集合住宅區的住戶，而是跟媽媽兩個人一起住在一間破爛小公寓裡面。

在我懂事之前，媽媽就已經離婚，並且有領取生活保障制度補助。我不知道是不是因為要能持續請領補助的關係，但她偶爾會出去找工作，然後收到不錄用通知。她一整天有一大半時間對著電腦螢幕，偶爾會拿起繪圖板。據說她原本的夢想是成為插畫家，但因為結婚而放棄。

媽媽的情緒很不穩定。有時候會突然大叫，有時候會突然哭泣。或者也有整天睡得像死人一樣的情況。

媽媽不會做家事。房間裡面堆滿泡麵和超市現成菜餚的盒子，持續散發著酸臭味。

負責去買飯的是我。我從小學一年級開始，就會自己去買東西。我混在大人之中，在超市排隊結帳，購買便當或泡麵。將食物放入嘴裡的時候，也是媽媽最平靜的時刻。所以我總是會多買一點。

在學校，班上同學都躲著我。如果我跟同學搭話，他們都會一副很受傷的樣子離開。當時我不懂，但我現在知道了，因為我沒有洗澡，身上散發著噁心的臭味。

所以我的交談對象基本上只有媽媽。

我並不覺得這有什麼不好，因為用餐中的媽媽會跟我說很多話。包括怎麼認識爸爸，以及學生時代的夢想等等。在充滿惡臭、連榻榻米地面都被垃圾填滿的房裡，我和媽媽過著安穩的生活。

「你不要離開，要一直陪伴在媽媽身邊喔。」

媽媽這樣對我說過很多次。我也每次都答應她「我會在妳身邊。」只要我這樣回答，媽媽就會很開心地摸摸我的頭。媽媽手心的溫度讓我很開心，我常常對她撒嬌。

我現在仍認為，當時的我很幸福。

然而，這種日子終將崩解。

當我升上三年級時，一位女性造訪了公寓。

我從小學回家途中，看到一個女性出現在我家前面。因為我家很少有客人來，所以我不禁遠遠地觀察。我對那個人印象不太好。從我家出來之後，那位女性繞到公寓死角，並且一副很歉疚的樣子換上了全新的襪子。這讓我很不高興，根本就是認為我家很骯髒的意思。至少在當時，我是真的生氣。

我衝進房，媽媽在哭。

媽媽有如被老師斥責的小學生那樣，縮著肩膀。

她緊緊抱住靠過去的我，不斷重複說「你不要離開我。」我也「嗯。」地點頭了好幾次，安慰媽媽。

我無法原諒惹哭媽媽的人。我打從心底憎恨那位女性。

這下知道了吧？那位女性就是真鶴茜。

從茜姊來過之後，媽媽精神失常的頻率就增加了。她很害怕會跟我分開，但她也不知道該如何是好。媽媽整天都處在不安的情緒之中，一直哭。

媽媽其實一直處於很危險的狀態。爸爸跑了，她不知道一個女人家要怎麼養育小孩，沒有人可以依靠，無論身心都一直被消磨。

而給這樣的媽媽內心最後一擊的，就是茜姊。

後來，決定性的瞬間造訪。

那年夏天，我兩個星期以上沒洗澡。因為媽媽說「如果有錢，一定能有所改變。」所以我省下了洗澡水。媽媽還稱讚我說「因為周吾願意忍耐，下個月就可以奢侈一點呢。」讓我很驕傲。然後媽媽又摸了摸我的頭。

後來我被老師找去。

前往教師辦公室後，我看到茜姊，她微笑著對我說「能不能請你跟我說說目前的狀況呢？」她跟其他一些不認識的大人一起，詢問了我關於和媽媽生活的狀況。

他們並沒怎麼跟我解釋為什麼要問這些。

在不明就裡的狀態下，他們叫我去拿書包，並且讓我上車。原本以為他們要帶我回家，結果是帶我到一個很遠的地方。途中茜姊雖然有跟我搭話，但我太緊張了，根本沒有聽進去她說些什麼。

他們帶我到一處被高高的鐵網圍起來的建築物，那裡散發發著像集合住宅區自治會館那樣沒有存在感卻老舊的氣息。建築物內燈光陰暗，有好幾個比教室還小的房間，每一個都可以從走廊這邊上鎖。

沒錯——從走廊這邊。

構造很奇妙。

房間會從外面上鎖，一旦進入房間，只要沒有解開電子鎖就出不來。窗戶也設有擋板使之無法大大敞開。我馬上就知道為什麼這裡這麼陰暗，因為大多數的窗戶都是毛玻璃。

那裡是足以令人窒息的空間。

「對不起，請你在這裡住一段時間。我會盡量快點來接你出去。」

這是我與茜姊最後交談的內容，然後有其他職員來交接。

我只能傻住。

為什麼帶我來這裡？我要在這裡待到什麼時候？我做了什麼壞事嗎？我可以去上學嗎？我可以聯絡媽媽嗎？

茜姊沒有任何說明，逕自離開了。

職員只有告訴我，茜姊「去跟媽媽談了」。

他們沒有說明詳情。只是告訴我，我只能夠在這裡生活。

設施裡面也有其他小孩，但這裡的職員似乎並不希望孩子之間交流。他們告訴我「不可以私下交談。」並且以嚴厲的目光盯著我。孩子們因為職員威壓的態度而不敢說話，設施裡面只有我的腳步踏在油氈地板上的聲音迴盪著。

白天職員們會派發講義下來，讓我們念書。上面的問題有夠難，甚至出了數學課都還沒有學到的部分，我根本不會解。我跟他們表明上述狀況之後，他們拿了另一份像是去年就學過、過於簡單的講義給我寫。中間也有運動時間，雖然有時間在庭院打球，但只打了一個小時就又被送進房間裡。

每隔幾天，就會有一個男性過來拜訪，並且詢問我跟媽媽的生活內容。我沒有辦法好好說明，話語因為痛苦而卡在喉嚨，男性同情的眼神反而讓我身體更緊繃，我只能盡量一點一滴地把媽媽描述得很溫柔。

晚上大哭了好幾次。

結果，我在那座設施住了一個月。

暫時庇護所——這就是設施的名稱。

兒童相談所具備相關權利，在經過正規程序判斷之下，可不經監護人同意，將小孩與父母隔離。只要隔離沒有超過兩個月，便不需要家庭法院許可。

而這些遭到隔離處置的小孩會先安置在暫時庇護所內。就是那些從父母虐待手中救出的兒童、因不良行為而必須接受輔導，且判斷不應回歸原生家庭的兒童入住的設施。律應該也是被送來這裡吧。在兒童相談所決定該怎麼安排接下來的生活之前，來到這裡的孩子們都會住在這裡。不僅不能回家，也無法去上學。

簡單來說，他們懷疑媽媽放棄養育義務。

他們好幾次詢問我是不是這樣。

但我的想法只有一個，我想再次跟媽媽生活。

我好幾次主張說我想回媽媽的家。但坐在我面前的大人們態度很嚴厲，簡直像是強調他們一定是正確的那樣。

這些大人是抱著怎樣的情緒，聽著拱起背、縮著身子的我，小聲地說著我對媽媽的情感呢。

我的願望沒有實現。

我在沒能好好照會的情況下直接轉學，搬到舅舅居住的集合住宅區。我沒辦法適應跟舅舅一起生活，我不知道彼此該保持怎樣的距離。

當然，生活環境改善了很多。我也變得像一般人那樣養成洗澡、刷牙、洗衣服和準時用餐的習慣。我跟舅舅同住之後，才知道跟媽媽的生活有多麼脫離一般狀況。

幸好集合住宅裡有人可以填補我的孤獨感，那裡的公園有一個跟我很像的女孩子。或許是因為我倆的遭遇相近，我們馬上熟識起來。

但我的心裡一直破了一個大洞。

與媽媽分別讓我很難過、痛苦、空虛。

而這些情緒——在旅行當天爆發。

在那兩年，我雖然是個孩子，但還是盡可能地調查了兒童相談所的制度，並且想辦法讓自己接受必須和媽媽分開的狀況。可是不行，不可能可以的。即使向舅舅打聽媽媽的去向，他也只是含糊其詞。

我很想直接問，很想直接追問真鶴茜。

但機會以意外的形式造訪。

我很驚訝，因為她主動約我外出旅遊，她應該沒想到我這麼恨她吧。說來也是，茜姊覺得自己「幫助了我」啊。

我於是下定決心，參加旅行。

在煙火大會之前，我的行動如同律的推測那樣。我偷偷把設施裡面的菜刀藏到廁所裡面，但我不是為了加害她而這麼做，只是想要用來威脅她。因為當時只有十一歲的我擔心就算我去逼問，茜姊也會含糊其詞。

我被逼得很緊張。

我一直在找機會跟茜姊獨處。我認為在移動到煙火大會會場，茜姊說身體不舒服回到設施之後是個大好機會。於是我謊稱忘了帶錢包，並打算回去設施拿。

第一次因為美彌也回到設施，所以放棄。

第二次是煙火大會開始之後。律雖然途中跟我搭話，但我的想法沒有改變。如果我能單純地只是欣賞煙火，並沉浸在幸福之中，不知道該有多好。打在全身的煙火聲音真的令人舒暢。夏風吹送，我很想只是喝著足以讓舌頭發麻的甘甜飲料發呆。

但我仍下定決心，前往設施。

我提振挫折的心，把藏在一樓的菜刀收進褲子後口袋，登上二樓。

茜姊坐在餐廳裡。彷彿在等我到來那般，坐在桌前。她手邊有一本手帳，看樣子是在閱讀手帳內容。

「怎麼了？」茜姊帶著笑容問我，但眼神非常認真。

「我希望妳告訴我。」我說。「兩年前，為什麼把我關起來？媽媽做了什麼壞事嗎？」

我瞪著她，茜姊用手指了指椅子，應該是要我坐在她面前的意思吧。但我並不想坐，我覺得要是與她面對面，自己應該什麼話都說不出來。

茜姊闔上手帳，面對著我。

「我想我應該跟你說明過緣由了。」茜姊說道。「你媽媽的身體狀況不太好。我跟她討論過，最終得出先讓你們保持距離一段時間比較好的結論。」

「妳不用騙我，我自己也調查過了。」我搖搖頭。

接著繼續追問。

「妳認為我媽媽虐待我嗎？」

茜姊的眼神閃爍了一下，應該是動搖了。

我的腦袋愈來愈熱。

「媽媽愛我，只是這樣而已。當我在學校跌倒了，她一定會擔心我；要是我感冒，她會陪伴我到早上。茜姊，妳誤會了。」

聽我這樣主張，茜姊以安撫般的語氣表示：「那個……周吾，你冷靜點聽我說。」

「我也跟你媽媽談過很多次，我知道她愛你。但不只如此，我們是在考量生活狀況和心理創傷的情況下，商量後才這樣決定的。」

茜姊很快表態。

她說的話後半內容很抽象，完全無法打動我。

「我想周吾一定很仔細地調查過，新聞常報導虐待兒童的案件，對吧？但所謂的虐待，不單指打小孩、體罰小孩。即使身體沒事，有的虐待是會造成心靈創傷的。持續讓小孩處在不衛生的環境裡面，也是一種虐待。」

我當然不可能接受這樣的說明。

感覺好像被含糊過去了。

我問了好幾次，她一直在說的「心靈創傷」究竟是什麼。我並沒有受傷，沒有流下任何一滴血。然而茜姊卻只說那是我沒有自覺，我們的對話完全沒有交集。

很沒道理對吧？

我現在也這樣覺得，茜姊太單方面認為這是為我好。

明明本人加以否定了，周遭卻擅自決定。打著專家的權威旗幟，甚至不給我撤銷的權利。相對的，還在我身上貼了「受虐兒童」的標籤。

只因為我還是個孩子嗎？

想說我連自己受傷了都不知道嗎？想說我只是在袒護媽媽而已嗎？

想到這裡，怒氣一舉湧出。不要鬧了。

「不讓我見媽媽的理由是什麼？為什麼要把我關在那種地方，硬生生拆散我們呢？」

「因為有危險。」

面對這個問題，茜姊本來想含糊過去，但到後來總算放棄，告訴了我。

聲音顯得悲傷。

「我告訴她我們接走你之後，她非常地恐慌，根本無法控制下來。你媽媽真的很寶貝你呢，她也好幾次說想見你。」

我眼眶一熱。

媽媽的身影浮現而出。

茜姊應該用了比較婉轉的說法。她把我隔離之後，告訴住在垃圾屋的媽媽說：「我們暫時帶走了周吾。」媽媽應該很絕望吧，應該大哭大鬧了吧。她應該會大聲呼喊，抓著茜姊大叫「把周吾還給我！」並緊緊掐住她。如果甩開媽媽，媽媽肯定會拿東西丟茜姊，也會揮舞玄關的雨傘盡全力抵抗。即使一旁待命的警察壓制住媽媽，媽媽還是會大喊「把周吾還給我！」「把周吾還給我！」

這是我所熟悉的媽媽模樣。

我在不知不覺中流下淚水。

「所以我才不能讓你跟她見面。」茜姊說。「如果她見了你，很可能會強行帶走你。雖然直到她冷靜下來為止，我還是不斷勸她。」

聽到這句話時，我終於忍不住了。「帶走……？」我反問。

這個說法令我難以理解。

身體擅自動了起來。

「不就是妳綁架我走的嗎！」

我大喊，拿出了褲子後口袋的菜刀。

——之後的事情，我其實記得不太清楚。

——但我可以把當時我心中的衝動告訴各位。

當時的我心中只有激動。

我明確感受到媽媽所面對的阻礙是些什麼。

真鶴茜身處正確之中。法律、輿論、專家會保護她，會讚揚她是從凶神惡煞手中拯救孩子們的英雄，沒有人會聽我說什麼。這也是當然，即使是施暴的凶神惡煞，小孩仍會袒護媽媽。不需要聽小孩說一些蠢話，我的不成熟話語撞上正確之牆後粉碎破滅，真鶴茜是象徵正義的英雄。我遲早有一天也會被帶進正義之中，並進而感謝真鶴茜，對她說：「謝謝妳從凶神惡煞的媽媽手中拯救了我。」噁心死了！

我聽到慘叫才回過神。

然後發現茜姊右手不斷流出大量鮮血。

我馬上理解，是我砍的。

我看著從手中菜刀滴下的血，不禁臉色發青。

我雙腿發起抖來，深知自己幹了很嚴重的事。我真的沒想要攻擊茜姊，我只是因為想振奮自己才帶著菜刀而已。

我馬上想道歉，但做不到，因為我發不出聲音。

先說出「對不起」道歉的，是茜姊。

我不禁愕然。

她按著手腕，一副很難過的樣子對我說。

「我竟然沒有發現你已經被逼到這個程度了，對不起。」

然後茜姊慢慢說明。

她到現在仍與媽媽保持聯絡，並且正想辦法安排讓媽媽可以跟我同住。媽媽接受了心理諮商，也跑去上學習如何照顧孩子的研習課程。因為要能讓我們母子再次團聚還得花很多時間，所以才沒有告訴我。

「我應該更多加顧慮你的心情……真的很對不起……忙碌根本不能當作藉口……我應該多花點時間關心你的。」

茜姊反而體恤我。

我知道自己很愚蠢。

這件事其實只要跟茜姊好好談就可以解決了，因為茜姊也很掛念我跟媽媽之間的關係。

「這邊我會自己清理，能不能請你拿急救箱來？」茜姊這麼說，我急忙跑去一樓拿急救箱。然後茜姊要我離開設施。

我一直道歉，心裡滿滿的後悔。

茜姊微笑著對一直哭的我說：「我會想辦法處理剛剛的事情，你好好去享受煙火喔。」

她真的很了不起。除了她，我沒有看過其他心胸這麼寬大的大人。

這是我襲擊茜姊的經過。

之後的事情就沒什麼大不了的。

回到野餐墊的我，按照茜姊所說，隱瞞了內心動搖，裝成若無其事的樣子跟大家相處。充分享受了煙火秀、跟大家一起回到設施，然後得知茜姊失蹤與死亡的消息。

從結論來說，殺害茜姊的並不是我。

我確實一度因為衝動用菜刀攻擊了她。但我的不滿在當下就解除了，我並沒有想要殺了她。因為我知道茜姊正在想辦法，支持我和媽媽可以再次同住。

補充一下，結果直到現在，我都還沒辦法回去跟媽媽同住。在茜姊死去之後，相談所換了個人負責此案，結果媽媽似乎放棄跟我一起生活了。

從這個角度來看，我也不希望茜姊死去。

我真的很難過。

interval

周吾說完的時候，櫻介說不出話。

七年前那場煙火大會背後發生的傷害事件——周吾憎恨茜，律則為了保護茜而奔走——這些相關事情，櫻介是一概不知。

不知是否因為受到衝擊真相震懾，每個人都不吭聲。

說完話的周吾站起身子，走近流理台，並從櫥櫃拿出杯子，扭開水龍頭裝滿水後，一口氣飲盡。看樣子是因為說太多話而口渴，他又接著喝了兩杯水。

「雖然這跟案件無關。」周吾將杯子放在水槽內。「現在的我，當然能一定程度理解茜姊為什麼做出那樣的處置。」

櫻介什麼話都說不出口。

他試著思考，如果自己站在茜姊的立場，會如何判斷。對周吾的人生而言，怎樣的處理才是最佳解呢？這個答案始終無法得出。

「所以？你的意思是要我們相信你，是嗎？」

說出這番嚴厲話語的是律。

聲音雖然顯得游刃有餘，但他看向周吾的眼光是無比犀利。

「我聽起來是對你很有利的說法呢。明明用菜刀砍傷了茜姊，竟然說人不是你殺的。」

「所以我才不想說。」

周吾瞇細了眼睛表現不悅。

「我要聲明，當天我可是把這一切都告訴警方，連我拿菜刀攻擊茜姊的事情都說了。美彌的父母應該知道這件事，只是他們沒有告訴美彌。」

周吾看向美彌。

她輕輕搖了搖頭，回答說：「我不知道這件事。」

「這樣啊。」周吾道。「但即使聽了律的證詞，警察仍沒有逮捕我。因為警方不認為我是嫌犯。」

「你認真的？別鬧了吧。」

「我沒有鬧，我是真心為了茜姊的死難過。所以我毫無隱瞞地告訴警方一切，也希望他們能抓到犯人。我說，可能是某個像我一樣恨她的人下手的。」

「天曉得是真是假。」

「不信就算了，但我沒想到是你懷疑呢。你不也帶過一些關鍵部分，說出來的證詞聽起來也對你挺有利的啊。」

律和周吾狠狠地瞪著彼此。

氣氛一觸即發。感覺兩邊都有可能瞬間撲出去，讓人緊張不已。

「你們兩個冷靜一點啊。」藍理說。

櫻介也站起來，介入兩人之間。

「沒錯，總之先冷靜一下。目前周吾的說詞並沒有矛盾之處吧？那麼就該採信。我們還是先聽所有人都說完吧。」

櫻介勸誡臉上帶著詭異笑容，散發出滿滿怒氣的律。

男生裡面雖然屬櫻介最健壯，但要是打起來，他沒自信可以阻止律。在不能叫救護車的情況發生暴力衝突，可是最糟糕的事情。

櫻介正面看著律，不禁背脊發寒。雖然律臉上帶著笑容，但眼神卻非常冰冷。看來他對周吾的憤怒非比尋常。

——這麼說來，律和茜姊之間有著特別的關係呢。

從律的證詞來看。七年前，不，在更久之前，他就時常與茜碰面。他自己也說他們是「理想拍檔」。

「……我知道了。櫻介，對不起，我也是有點火氣上來。」

律輕輕低頭示意。

「周吾，也對你不好意思。我有點失控。真要我解釋，其實我這七年來一直認為你是犯人，我沒能除去這樣的主觀印象。」

「不，你生氣是理所當然的。畢竟我是真的攻擊了茜姊。」

「關於這一點……」律先開了口，然後又呼了一口氣。「不，現在先別說了吧。我腦子裡還有點混亂。是說，我們要不要休息一下？我也需要時間冷靜冷靜。」

這建議不錯。

畢竟周吾的證詞頗具衝擊性，加上佳音和律連續說明，應該先稍微整理一下大家的說詞比較好。在緊繃的氣氛之下，一直坐在桌前也是很累人。

「那我們休息十分鐘吧。」櫻介提議。

沒人反對。只是在一旁看著律和周吾對立的佳音和美彌，也都不禁安心地呼了口氣。

律顯得很高興地勾起嘴角。

櫻介等人於是先暫時離開餐廳。

櫻介先確認過現在是否仍無法逃離之後，在沒有其他人的寢室稍事休息。這是一間四坪大的日式房間。他想獨自靜一靜，於是從櫥櫃拿出枕頭，躺在榻榻米上。這裡也是他七年前使用過的寢室。茜失蹤當天，他就是在這裡懷著不安心情，度過夜晚。

她為什麼死亡？

從佳音、律、周吾的說詞，看到的是一直努力幫助小孩的優秀兒童福祉司形象。當其他大人都不在意集合住宅內孩子們的聲音時，只有她願意認真聆聽。

——既然如此，她為什麼會遭到殺害？

茜右手的傷勢，跟這起死亡事件似乎沒有直接關係。櫻介不認為周吾有說謊。這麼一來，「傷害茜的人＝拿菜刀砍傷她的人」這個等式就不攻而破了。

茜是因為別的理由身亡。

「……」

櫻介下意識以雙手遮住臉。

實際上，他心裡有個底。七年之間，他一直害怕著。看到信件上寫著「證明自己是清白的」時，他心裡一陣抽痛。當拿菜刀攻擊茜的人，已不再是殺害她的重大嫌疑人物時，櫻介想到的這個可能性就提高許多。

但原則上，還有其他需要評估的事情。

律所說的「某個目的」。

也就是真鶴茜之所以帶櫻介等人出來旅行，最根本的原因是什麼。

——真鶴茜是在達成某種目的的過程中慘遭殺害嗎？」

那就是對犯人而言，她會造成妨礙，所以殺了她。

——看來只能跟律問清楚了。

櫻介得出這個結論。

律刻意隱瞞了重要的祕密，這不能等他之後再說。等休息結束之後，讓律再說明一次吧。

櫻介於是做伸展操到休息時間快結束為止。

途中，他聽到一陣樹木摩擦的「刷刷」聲音，從後山方向傳過來。他原本想說另有其人在外活動，但想想又覺得應該是鳥類或動物，就沒有太在意。

回到餐廳，中央放了一塊白板，是開會時會使用的那種大白板，應該是從倉庫裡面拿出來的吧。

美彌一個人把案發當天的時間表給列了出來。

從設施到野餐墊來回約需十分鐘？用跑得可以更快？

12：00　抵達設施，打掃。

13：00　烤肉大會。

14：30　水槍大賽。之後收拾烤肉大會用的東西，一把菜刀不翼而飛。

15：00　寫作業。

17：00　六人＋茜前往煙火大會會場，在野餐墊上等候。

茜因身體不適回到設施。

17：20 櫻介、律、周吾、藍理四人去逛攤販。

佳音、美彌在野餐墊上等候。

17：50 美彌為了確認茜的狀況而移動到設施。

18：00 周吾雖然想前往設施但中止，在野餐墊等候。

18：10 律覺得周吾形跡可疑，前往設施。

18：30 所有人都回到野餐墊，煙火大會開始。

周吾前往設施，攻擊茜。

周吾回到野餐墊之後，律前往設施。佳音雖也想追去，但中止。

律在設施幫茜緊急包紮，並打掃餐廳。在這之間，櫻介和藍理為了上洗手間而回到設施。櫻介和茜交談。

櫻介和藍理回到野餐墊，律也回來了。

以後不明。

20：30 煙火大會結束。

20：45 六人一同返回設施，真鶴茜不見人影。

之後就寢，翌日早晨發現真鶴茜遺體。

真鶴茜的推斷死亡時刻是下午七點到八點之間。

這樣的整理很有幫助。

「美彌，謝謝妳。這樣變得很清楚明瞭呢。」

櫻介出言稱讚。

美彌則有點害羞地說「不，其實時間也只是大概。」微笑回答。「不過這樣整理了之後，應該比較不會遺漏吧？」

「一定是這樣的。」櫻介笑著說。

雖然還處於狀況不明的階段，但光是能夠按時間順序排列，就覺得有點進展了。只要能夠把其他資訊添加上去，應該就能漸漸掌握到事件的整體面貌。後來其他成員也陸續回來，每個人看到白板，也都對著美彌說「這樣很好耶。」

美彌很高興地點了點頭。

當大家在餐桌前集合時，藍理歪了歪頭。

「咦？律還沒過來嗎？」

回到桌前的只有五個人。

櫻介看了看掛鐘，從開始休息到現在已經過了十五分鐘以上，律好像還在某個房間休息。

正當他心想該去叫人，並且起身的時候。

一道悶悶的聲音響起。

然後是某人奔跑的腳步聲從樓梯傳來，緊接著是金屬彼此碰撞的聲音。這聲音有點耳熟，是樓梯門關上的聲音。

——有人打開了門，又將之關上？

櫻介立刻採取行動。

他衝出餐廳，凝視著從走廊延伸而出的樓梯。在一片陰暗、沒有光線的樓梯間位置，一位少年倒在那裡。

「律！」

櫻介連忙下樓梯，跑到律身邊。

律似乎失去了意識。他在鐵格子門前，有如倚靠著牆壁那樣倒下。即使呼喊他的名字，也沒有任何回應。

櫻介曾經遇過同樣狀況。在足球隊練習比賽的時候，兩個選手相撞，重擊頭部的選手因而昏倒。當時該選手那種全身無力的樣子，正好跟現在律的狀況一樣。

櫻介將手放到律的嘴前，確認他是否還有呼吸。然後在盡量不要動到頭部的情況下，拍了拍他的肩膀呼喚他。

其他成員也接連過來。大家從樓梯上俯視倒地的律，不禁輕唉出聲。

「我想他只是昏過去了。」

狹窄的樓梯容不下所有人過來。

櫻介總之先說明。

「雖然不能隨便亂說，但應該沒有生命危險……吧。不，目前看不出頭部裡面有沒有問題，但他有在呼吸。」

櫻介畢竟不是專家，無法精確診斷，應該要盡早讓他就醫。但現在大家被監禁，甚至沒有方法聯絡外界。

「怎麼回事？發生什麼事了……？」藍理問道。

櫻介無法回答。

從律倒下的狀態來看，應該不是從樓梯上摔下去，因為他躺在樓梯間的邊緣。他的姿勢看起來像是被人從樓梯上推下，然後頭撞到樓梯間的牆壁那樣。

但律遭到攻擊的時候，除了他以外的人都在餐廳。

這時候，美彌走下狹窄的樓梯。她穿過櫻介身邊，將耳朵貼在阻擋樓梯間的鐵格子門上。

櫻介也比照辦理。

一道東西倒下的聲音從門的另一邊傳來。

「有腳步聲，從一樓傳來的。」

美彌淡淡地說道。

櫻介也彷彿同意她說詞般點頭。沒有錯，從這個狀況來看，應該是在一樓的人攻擊了律吧。

櫻介對著愕然的同伴們說。

「——這裡有第七個人。」

一行人先回到餐廳，然後坐下。

既然無法逃離，那麼狀況仍沒有太大差別。

櫻介認為不要隨便移動律比較好，所以讓昏倒的律繼續躺在那裡。大家幫他蓋上毛毯，並且讓他倒得舒適一點。對於沒有專業知識的櫻介等人來說，這已經是能做的最佳處理了。

再回到桌前，櫻介說：「我在律的口袋發現這個。」並把撿到的機械放在桌上。那是一個像是收發器那樣的小型無線電。

藍理似乎馬上察覺了。

「該不會律和第七個人聯手，把我們都關在這裡？」

「應該是。」櫻介肯定地說。「即使能夠干擾智慧型手機的訊號，無線電的訊號應該還是可以通。因為可以採用不同的頻率。」

方才眾人談論的內容，應該已經傳達給潛伏在一樓的第七人了吧。仔細想想，福永律確實從一開始就很積極地想要討論，因為他參與策劃了這場監禁。

無線電的電源開著，方才的交談內容應該也有傳到第七人耳裡。

佳音一把拿起無線電，湊近嘴邊。

「聽得到嗎？你是不是在一樓聽我們說話？現在律的頭部大量出血，狀況很危急。要是不快點叫救護車來，他可能會死喔。」

她想必是打算反向威脅。

等了一會兒，也沒有聽到一樓的門打開的聲音。

「沒有回應耶。」佳音聳了聳肩。

「這也是當然。」

櫻介點破。

「我們剛剛才在律身邊說他『應該只是昏過去』啊。對方應該透過無線電，聽到我們這麼說了。」

「啊啊，對喔。真可惜，本來想狠狠威脅一下對方的。」

想法雖然不錯，但想透過威脅第七個人得以逃脫的方法應該行不通。

美彌輕輕地嘆了一口氣。

「看來只能繼續討論了。我是無所謂，甚至可以說我想要這樣做。」

雖然她這樣強烈地主張，但說到後來也變得有點軟弱。

「……只不過，我也確實覺得，繼續討論下去有點危險。」

「是啊，要說我不怕，那是騙人的。」

櫻介持同樣意見。

在追查殺害真鶴茜的犯人是誰之前，還有必須思考的事情。

——為什麼第七個人攻擊了福永律？

從狀況來看，律應該是在休息時間跟第七個人碰面。對方應該是悄悄接近設施，並且與律交談。但不知是否談到一半鬧不合，律突然被推去撞牆，並且撞到頭，因此昏厥。第七個人拋下了意識不清的律，回到一樓。

搞不懂。資訊太少了。

——第七個人究竟是誰？

——為什麼對茜的死因有興趣？

首先想到的可能性有一個。

「某個目的。」

在櫻介開口前，周吾說道。

「你們怎麼看？茜姊和律在旅行背後計畫的事情。」

這是律留下的，意有所指的資訊，就是那趟旅行的最基本的重點。

藍理露出苦笑。

「那該不會是案件的核心吧？感覺很可疑耶。」

「我雖然什麼都不知道，但想想確實滿奇怪的。兒童福祉司特地帶著小孩們外出旅行，背地裡卻有其他計畫？」

「是吧。不過預定要解釋這件事情的人現在昏倒在地。」

櫻介想像了一下。

——第七個人是為了封口而襲擊律的嗎？

很難判斷，但無論如何應該跟這場監禁計畫沒關係吧。從參與了計畫這場監禁的律也不太願意說明的態度來看，那背後的目的應該具有很重大的意義才是。

那趟旅行真正的目的究竟是什麼？

櫻介問了問有沒有人心裡有底，但所有人都沒出聲。可能覺得在這樣的狀態下繼續談論不妥吧。

櫻介於是放下追究目的說道：

「那個，我有一件事情想先討論看看，可以嗎？」

「什麼事？」藍理問。櫻介回說：「造成茜姊死亡的其他可能原因。」

雖然櫻介有點猶豫，但這也是非得拿出來談看看的事情吧。

他明確地說出口。

「自殺——我們是否應該再一次評估這個可能性呢？」

也就是真鶴茜秉持自身意志，跳下懸崖的可能性。

「啊啊，原來如此。」佳音不禁說道：「因為被周吾攻擊帶來的打擊讓她這麼做之類的。」

一說出口，就覺得這個推論很合理。用菜刀攻擊人的是周吾，但他說他沒有殺害真鶴茜。目前也沒有其他人恨真鶴茜了。

這情況比起小學生殺害了恩人，感覺更合理得多。

「但真的有可能嗎？」

周吾皺起眉頭。

「要是在那種情況下跳崖自殺，警方自然會懷疑到我們身上來。你難道想說，茜姊就是希望事情變成這樣？」

「人心無法得知吧。」

櫻介述說。

「而且煙火大會那天晚上，我在設施遇到她的時候，她的態度有點奇怪，感覺精神狀況不太穩定。不，真的要說，應該從旅行之前就那樣了。我在集合住宅區看到茜姊的時候，都覺得她看起來身體狀況不太好。」

所有人都看向依照時間順序記下發生事情的白板。

上面確實寫了櫻介和藍理在煙火大會途中，曾一度回到設施。

「啊啊，對喔。」佳音說。「櫻介一開始就說過了吧？覺得她看起來心理壓力很大之類的。」

「對，所以老實說——」

話沒辦法馬上說出口。櫻介沒出息地抱著自己的頭，才總算吐出話語。

「這七年我一直懷疑她其實是自殺，而旅行那一天，我是不是說了什麼關鍵的話導致這個結果。」

這是櫻介一直抱持的悔恨。

這七年之間，他腦中一直有真鶴茜是自殺的想法。如果她是自殺，那麼在她死亡之前見過面的櫻介是不是有可能勸阻她呢。還是說反而成了壓死駱駝的最後一根稻草呢。

每當他自責、悔恨的時候，都會在心裡否定「不，茜姊沒有自殺，一定是拿菜刀攻擊她的人殺害了她。」之所以向警方表示這是一樁殺人案，或許也是因為這種情感所致。但是，既然現在拿菜刀傷害她的人殺了她的可能性降低，自殺的可能性就漸漸變高了。

或許是時候懺悔了。

——證明自己是清白的。看到這行字時，櫻介覺得害怕。

煙火大會當晚，自己是不是犯下了無可挽回的過錯呢——

「不，不可能是自殺。」

這時候，一道斬釘截鐵否定的聲音傳來。

是美彌。坐在櫻介左邊的她，以正直的眼神看過來。

「我可以斷定，姊姊不會選擇自殺，我這個妹妹可以保證。」

「不，可是……」

即使美彌這麼堅定地說，櫻介也無法接受。

當然他願意尊重身為妹妹，想要袒護姊姊的心情。

「應該還是有可能吧？或許她在不為人知的情況下，已經被逼得很緊之類的。妳有任何依據可以否定此事嗎？」

「有，因為我姊姊是真鶴茜。」

櫻介皺眉，無法理解她這句話的含意。

藍理彷彿出手幫助般問：「妳有可以讓妳確定此事的證據吧？」

美彌深深頷首。

「我再重複一次，真鶴茜不是會自殺的人。這跟我所熟悉的、真正的姊姊相去太遠了。雖然各位還無法完全接受，但對我而言，這甚至是不需要證據證明、再顯而易見不過的真理。」

雖然她用的說法有點蠻橫，但既然她能夠這樣斷定，就表示一定有相應的事件佐證她的論點吧。比方只有妹妹知道的真鶴茜另一面。

美彌之所以能如此斷定的理由為何？

她挺身而出，彷彿要回答這個問題一般。

「我想，下一個換我來說。」

美彌將手放在桌上，挺直身體。

切入話題之後，準備再次開始進行議論。

其他成員也嚴肅起來，擺出準備聽取她證詞的姿態。

美彌深吸一口氣，開口說：

「而且，我想起了一件事——姊姊留下的，跟案情有重大關聯的提示。」

真鶴美彌的證詞

其實我應該更早說的。既然與旅行有關的問題，是以姊姊為中心發生，那麼身為妹妹的我，就更應該積極地表態。

如果用「姊」或「姊姊」描述，感覺會缺乏客觀性，所以我會用「茜」稱呼。大家聽了直到目前為止的證詞，對於茜這個人有什麼想法？

該不會是感到失望？或者起疑？會不會覺得她是隱瞞了自己真正的想法，然後帶著六個小孩外出旅行的可疑女性呢？

我很高興，前三位述說的人，所描述的茜都給人不錯的印象。但我想三位內心應該也有些複雜的情緒在。

真鶴茜不僅瞞著佳音學姊，暗地裡跟律學長策劃著些什麼，同時不聽律學長忠告，而且還打著正義旗幟毀了周吾學長的家庭——其實從另外一個角度，也確實可以這樣看待她。

雖然可能是被害妄想，但會有這種感覺也是無可奈何。

所以，請容我帶著幫茜解釋的意圖說明。

——真鶴茜究竟是一個怎樣的兒童福祉司？

——旅行當天，真鶴茜抱持著怎樣的態度？

等我說完，各位應該也能接受我可以斷定茜不會自殺的理由。一定可以。

接下來我要說明，茜所留下、有關事件的提示。

茜之所以志願成為兒童福祉司的原因，可以回溯到她剛出生的時候。

茜的母親是在高中時懷上了茜，對象是當時念大學的父親。擔任家教的父親，對自己的學生出手了。雙方的父母——從我的角度來看就是祖父母和外祖父母——大發雷霆，父母則是有如私奔般逃跑，搬進集合住宅區裡。父親大學中輟，並且開始去鎮上的工廠工作。兩人沒有父母支援、也沒什麼存款，所以母親是在相當克難的情況下產下了茜。父母在茜長大到一定程度之前，根本無法考慮要再生一胎，這也是我和茜的年紀差很多的原因。

茜之所以志願成為兒童福祉司，原因之一就是看到父母養育小孩有多吃力。

另一個原因是受到祖父影響。

父母和上一輩之間的關係雖然差，但祖父母和茜之間的關係似乎不是如此。儘管是私奔出去的兒女生下的女兒，仍不改是自己孫女的事實吧。

尤其父親這邊的祖父，跟茜的關係更是親密。

父親這邊的祖父——也就是這座設施的經營者。

中學時期，只要茜一放長假，似乎就會造訪設施。茜之所以對兒童福祉產生興趣，應該是受到祖父影響吧。她看到祖父讓家庭有問題的小孩聚集於此，在大自然環境中教育他們，似乎因此心生嚮往。

茜在大學修讀兒童福祉，並且通過地方的一般公務員考試。經過研修之後，幸運地被發配到第一志願的兒童相談所。

「我想幫助家庭有問題的孩子們。」

茜似乎一直抱持這種想法。

過去她本人曾經說過，因為那些孩子的遭遇跟辛苦長大的自己重疊了。

——接下來要說的，是我在茜死後調查到的事情。

茜雖然如願成為兒童福祉司，卻必須面對某種現實。

那就是工作繁重的程度超乎想像。

茜以新鮮人身分被錄取之後，立刻負責對應市民們的諮詢工作。

兒童相談所的工作，並不侷限與虐待兒童有關的項目。包括對養育小孩的不安、保育障礙兒童的相關諮詢、如何與青春期兒女相處的諮詢等等，必須處理各式各樣的諮詢工作。除此之外，警方還會將需要保護的兒童與不良少年交付給相談所處理。

兒童福祉司必須接下這所有工作，有時還得與兒童心理人員或保育人員討論支援對策。

一開始的幾個月雖然會有前輩帶著一起做，但馬上就變成必須一個人負責幾十個案子的狀況。

早上前往暫時庇護所，關切被父親虐待的小孩們，並且評估可以接納這些孩子的兒童養護設施；中午前則跟習於家暴的母親面談，確認狀況；午餐後要彙整所有報告書，參加會議，向所長報告各個需保護兒童的支援方針；傍晚則會接到警方通知，召開緊急會議，並且前往接收可能受到虐待的需要保護兒童。只要接了孩子過來，就必須決定要把孩子送回父母身邊，還是要暫時保護。一旦決定暫時保護，還必須準備將這項決定傳達給父母。然後每天重複類似的工作內容。

茜度過了忙碌的每一天。

當然，她應該覺得很有成就感。有時候會看到她帶著一臉充滿成就感的表情，去買便利商店的甜點回家犒賞自己。

不過第一線的兒童福祉工作，繁重程度遠遠超過茜的想像。

「啊啊，好累喔，根本沒空打遊戲耶。」

她有力氣抱怨的時候還算是好，更常發生的狀況是她大半夜默默回家，然後倒頭就睡。我這個作妹妹的，看過茜好幾次這樣。

兒童相談所必須配合父母的行程，如果有虐待嫌疑的父母只能約晚上，也就只能晚上去拜訪，聽聽看對方是怎麼說的。

甚至常發生連短暫休息都無法的狀況。兒童相談所的職員手上都有一台公務手機，這是為了處理諮詢對象必須緊急聯絡的狀況，公務手機常常像是知道茜下班回家的時間一般響起。

『我控制不住自己，打了兒子。請幫幫我。』

接到這種電話，當然不能放著不管吧。茜告訴對方自己會立刻趕過去，重新穿好剛換下來的衣服，然後直接出門。

母親常常不安地嘀咕說：「因為她年輕所以才被呼來喚去吧。」

但不只是這樣。

各位應該有聽說吧？

兒童相談所接到的虐待諮詢案件暴增的事情。

沒錯，突然暴增。

在平成十年到平成三十年之間，從約七千件增加到約十六萬件。

沒錯——增加了二十倍以上。

茜曾經告訴我事情變成如此的原因。

「與其說是虐待案件增加，不如說因為時代改變，判斷是不是虐待的基準也跟著改變了。現在不僅是造成顯而易見外傷是虐待，連造成看不見的心理創傷，也會判斷是一種虐待。」

因為社會也變得對虐待議題更加敏感了。例如，藍理承受的是一種叫做「眼前家暴」的虐待。因為看到父母其中一方對另一方使用暴力，會嚴重傷害小孩子的心靈。

在很久以前，只會當成單純父母吵架的事情，到了這幾年，如果發現家暴現場有小孩子在，警察就會通報兒童相談所。因為如此，必須處理的案件數量也增加了。

「即使身體沒有受傷，但內心可能正在哀嚎淌血。」

茜將手按在我的胸口，這樣對我說。

「這很重要。小孩不太能好好傳達自己的心情，有時候他們無法明確說出『救救我』，或者一方面也會覺得『不要管我』。每個大人都應該小心謹慎地對待小孩的心理感受。」

這番話令人印象深刻。

但是，第一線人員跟不上社會的關心程度。

九年前——在那趟旅行的兩年前，有一件虐童致死的事件造成一大話題的時候。

父親用皮帶抽打再婚對象的小孩，到後來鬧出人命。這對父母在警察偵訊時，好像說謊說「只是小孩跌倒而已」，許多政論節目把這對父母當成鬼畜父母，並大肆報導。

因為這條新聞的關係，讓社會更加關注虐待兒童問題。兒童相談所也每天接獲許多通報。一旦受理市民通報，職員就必須在四十八小時之內確認當事兒童的安全狀態。若在前往拜訪時，無法取得父母協助而沒能親眼看到小孩的話，又必須評估別的方式。

在這種狀況下，我們居住城鎮的縣知事高聲宣告。

「建立零虐待死亡的社會。」

茜所在的兒童相談所也接到了通知。在處理有關可能受到虐待的兒童諮詢、支援活動的公文上，大致上寫了類似這樣的內容。

「只要有任何一點可能受虐的小孩，就必須立刻加以保護。」

說好話很容易。

暫時庇護所的數量不足、再進一步照顧小孩的兒童養護設施或關懷家庭數量也不足。但在縣政府的要求之下，茜他們只能積極採取暫時保護兒童措施，並且盡可能介入家庭環境。

——周吾學長之所以被迫跟母親分開，也是這個關係吧。

茜的負擔愈加沉重。

當時的我也知道，茜的身體狀況愈來愈差。

每天都非常晚歸，並且喝酒代替安眠藥。她會拿罐裝燒酎調酒或啤酒配一點起司，然後像斷電一樣睡去。隔天早上則為了儀容整齊而化上濃妝，接著出門。

一直把成為兒童福祉司當作夢想的茜，明顯地憔悴了許多。

而我想，如此繁重的工作，大概持續了一年以上。

從我方才陳述的內容，應該有人會猜想「啊，真鶴茜說不定真的想過要自殺。」對吧。

實際上，她確實也曾經一度非常封閉。

雖然我不清楚實際理由，但原因之一應該是疲勞吧。另外也喝太多酒。那時候她相當瘦削，有好幾個星期處於就算回家，也一句話都不說的狀態。聽說好像也曾經像夢遊患者那樣，深夜在集合住宅區遊蕩。母親曾勸過茜辭職。也有人覺得她再那樣下去，很可能會累倒。

但茜沒有選擇休息，她不認輸。

她心裡懷抱著使命感。

而這使命感比我們這些家人想像的更堅定。

一到早晨，茜一定會起床，抬頭挺胸去上班。她會羞澀地微笑說「有需要幫助的小孩。」並且踩著腳踏車前進。一天結束的時候，會在手帳裡寫滿筆記之後才睡。我有一次曾偷偷看過她的手帳，只要她在集合住宅區裡擦肩碰過的小孩有那麼一點點不對，她就會記錄在手帳裡面。比方一直沒剪頭髮的小孩、好幾天都穿著一樣的衣服，沒有梳洗的小孩之類。當然這些紀錄都沒有提到個資，但可以知道她隨時都在關心集合住宅區裡的孩子們。

茜的精力令人讚嘆。

她在不知不覺間克服了精神層面欠佳的問題。當然，疲勞想必是仍繼續累積，但她卻能壓下這些疲勞，持續行動。

要粗略形容，就是茜具備一種壓倒性的強大。

不屈服、不遷就、不鬆懈——這就是真鶴茜。

無論工作多麼繁重，無論她的人多麼憔悴，她還是具備做好兒童福祉司工作的強大。即使曾經面對困難而有所抱怨，但她絕對不會受挫。儘管會嘆氣，但下一個瞬間就已經踏出下一步。

真的很帥氣。

「一定還有孩子正等待我伸出援手。」

這麼說的茜，是我的偶像。

所以我想那趟旅行，應該也是在強大的信念驅使之下實行的。

對我來說雖然事出意外，但在初夏的時候，茜突然來拜託我。

「我想安排一趟跟集合住宅區的孩子們一起的旅行活動，美彌妳可不可以也幫幫我呢？」

我感覺到她的聲音裡面帶著熱情。

我雖然不知道茜為什麼安排這趟旅行，但能感受到她在這趟旅行中注入的意念。對不起，我只能用抽象的感覺陳述，但無論是旅行的行程安排，或者是她在調查當天行車路線時的熱心眼神裡面，都充滿了身為兒童福祉司的驕傲。

她的確很積極地安排這趟旅行。

根本不會想要自殺什麼的。

再來說說旅行本身的狀況吧。

我幾乎沒有什麼不一樣的新資訊可以提。

我記得的部分，跟剛剛大家所說的內容重複。去程開車、烤肉大會和水槍大賽、收拾打掃、寫作業。但也因為之後發生的事情太具衝擊性，我不太記得細節了。

那一天，我沒怎麼跟茜說話。因為我覺得其他參加成員都很想跟她說話，所以有點顧慮。

要是能多跟她說幾句話就好了。雖然後悔已經太遲了，但我現在是這麼認為的。

我唯一一次跟茜兩個人交談的機會，就是在煙火大會即將開始前。

茜以身體不適為由回到設施的時候。我為了探望茜，前往設施，並且跟她聊了幾分鐘。

讓我來說說那時候的情況吧。

我跟茜最後對話——當時，茜提到了一個意想不到的人名。

時間應該是在茜回到設施，過了十分鐘之後吧。原本和佳音學姊一起在野餐墊留守的我，有點在意茜的狀況，心裡還天真地想說，在這時候身體不適，運氣真的很不好呢。

我於是拜託佳音學姊留守，決定回去探望一下茜。

我在途中買了運動飲料，回到設施的時候，茜正邊玩手機遊戲邊休息，看起來沒有哪裡不舒服——我想應該如同律學長所說，她所謂的身體不適是騙人的吧。

我記得我們簡單講了幾句話。比方幾個小孩處得好不好、不可以去太黑的地方之類的。就是一般閒聊罷了。

我告訴她目前的狀況之後，向她詢問自己有些在意的事情。

「那個，這次來參加旅行的，該不會都是姊姊幫助過的孩子？」

連我這麼遲鈍的人，都能發現這點。

每個參加者看起來都很仰慕茜。雖然她沒有明確說明，但我大致感覺得到。

「妳真厲害。」茜笑著說。「原來妳發現了。看來小孩子關心周遭的程度，真的超乎大人想像呢。嗯，妳說對了。」

在這之後，茜說明了舉辦這趟旅行的目的。

她因為擔憂至今負責過的孩子的家庭狀況，所以想趁旅行的機會觀察一下，還想幫大家創造一段美好的夏日回憶。

——雖然這不是說謊，但也沒有說出真正的目的呢。

然而當時的我很純真，直接接受了茜的說法。覺得「姊姊好了不起」的尊敬念頭填滿內心，胸口一陣溫暖。讓我覺得很驕傲。

我有點興奮。

——所以我至今，仍忘不了在那之後交談的內容。

煙火大會即將開始，我急忙打算回到野餐墊去。就在我要離開的時候，茜突然沒頭沒腦地丟了一個問題給我：

「欸，我可以確認一件事情嗎？」

沒錯，特地把我留住。

「美彌有沒有見過井中澪？」她說。

「井中澪？」我不禁歪了歪頭。

完全沒印象。

井中澪——在我們旅行的八個月前，從集合住宅的陽台摔死的女孩子名字，我怎麼可能會記得。

我知道發生過這場悲劇，但不記得當事人的名字。我覺得自己滿過分的。但對於當時只有九歲的我來說，這是一項埋沒在日常生活中的資訊。

實際上，我現在之所以想起這一段，也是因為剛剛櫻介學長提到「井中澪」這個名字的關係。不然我真的已經把它放在腦海角落了。

見我顯得困惑，茜一副想帶過去似地說「嗯，不知道沒關係，別在意。」並揮了揮手。

我並沒有再追究下去。畢竟煙火快要開始了，我也很著急。

「不知道沒關係。」

我並未掌握這番話的用意。

以上，是我能夠陳述的，有關茜的資訊。

我幾乎不記得煙火大會時發生過什麼事。只記得從農田升起的煙火好大、好漂亮，然後看得出神。我甚至悠哉地享用著炸雞，還燙傷了舌頭。根本沒注意到茜在這之間經歷了些什麼。

我想說的事情有兩點。

雖然身為妹妹，多少會比較美化，但我認為真鶴茜是一位傑出的兒童福祉司。即使她那麼忙碌，也沒有逃避責任，真誠地面對每個小孩。儘管有時候不免抱怨，但她也以自己的工作為榮。雖然曾經碰到麻煩，但她不會放棄自身使命，選擇死亡。

我可以明確地說——她不會自殺。

我認為茜之所以喪命，應該要考慮其他原因。

還有，我想說的另外一點，是我跟她最後交談的內容。

她突然提到的這個名字——井中澪。

案發當時我沒特別在意，甚至是澈底忘記了，但現在回顧起來，我還是覺得茜在那個時間點提到這個名字很不自然。怎麼會在愉快的旅行途中，突然提到因為悲傷的意外事故而喪命的小孩呢？

既然茜是刻意叫住我提出這個問題，那麼對她而言，或許這是很重要的問題吧。

各位覺得呢？

・・・

——真鶴茜不是自殺。

櫻介默默地聽取茜的妹妹美彌，以堅定的語氣說出來的內容。

雖然摻雜了些她的主觀認定，但櫻介覺得她說的都是真的。

果然是自己誤會了嗎？雖然很難全盤否定，但應該不是需要優先討論的問題。

櫻介重重呼了一口氣。

如果相信美彌的意見，那麼茜不是自殺。但如果是這樣，討論的內容又要回到起點了。真鶴茜死亡的原因究竟是什麼？

美彌想起了另一項重要情報。

——井中澪。

真鶴茜死前提到的名字，在那趟旅行前八個月死亡的小女孩。

若此事為真，確實是個奇妙的時機。為什麼茜要特地提到她的名字？感覺這不是一個會隨口提起的閒聊話題。如同美彌所說，這可能是與旅行有關的重要提示——

「那個，可以聽我說一下嗎？」

這時藍理稍稍舉起手。

她就在所有人的目光都集中過去時說道：

「我可能猜到七年前那趟旅行的目的了。」

越智藍理的證詞

那麼，接著換我說好了。

啊啊，對了，我先聲明，我不太記得旅行中的事情，不要期待我能在這方面提供新資訊喔。我剛剛一直覺得很佩服，大家記性真好。

直到現在，我都還覺得那天的事情如夢似幻。並不是因為旅途中發生的事情太衝擊，而是因為我一直飄飄然的。我帶著彷彿漫步空中的心情參加旅行，始終非常享受，那對我來說是有如一場夢的夏日時光。與在集合住宅裡不同，在開闊的天空之下欣賞煙火，讓我覺得我就是單純地很興奮。興奮到想不起詳細的經過。

所以我不會針對旅行本身說太多。

相對的，我要說另外一件事情。

——井中澪。

——從集合住宅區的陽台摔死的可憐孩子。

我聽了大家說的內容，覺得好像知道了。

她就是潛藏在七年前那趟旅行之下的女孩。等我說完，我猜大家應該也能猜到那趟旅行的真正目的了。

那我就仿效大家的做法，先從當時我的家庭環境開始說起吧。

我是在重下集合住宅區裡，一個父母雙薪的家庭誕生。

我父母感情很好。從小孩的角度，也能看出他倆彼此相愛，在我去學校上課的時候，他倆有時候會一起出門，可以說是如膠似漆。

但卻在不知不覺之間，兩人開始會吵架。

我不清楚原因。我想應該只是像是釦子扣錯那樣的小誤差。主要是他們彼此因工作而勞累的時期剛好重疊吧，因為他們盡是吵些雞毛蒜皮的小事。比方擅自把電視轉台、比方忘了買應該要買的電燈泡、比方即使下雨了也沒有去收陽台上晾乾的衣物、比方沒有好好跟鄰居打招呼等等。彼此提出這種日常生活上的不滿、反駁、愈演愈烈，最後開始發洩在物品上。

玻璃碎掉的聲音很可怕呢。

那種「劈」的尖銳聲音，至今仍徘徊於我耳際。

當時我九歲。每當父母怒罵彼此，我就覺得呼吸困難。很神奇吧？只是父母感情不好，我彷彿自己頓失居所那樣，胸口緊緊縮起來。心臟不斷狂跳，有如下一秒就要跌倒。

於是我開始頻繁逃家。

通常都是逃到住戶大樓的樓梯。就是那個，在連接一樓和二樓的樓梯底下，不是有一個小孩子可以躲進去的空間嗎？就是擺放了掃除用具的地方。

因為我不想被人看到我跑出來，所以我常常躲在那裡，並撐過父母吵架的時間。

父母吵了三個月以上，在季節從秋季轉為冬季的時候。無論天氣溫暖還是寒冷，我都只能在樓梯後面摀著耳朵，抱膝蜷縮。那裡就是我的避風港。

直到真鶴茜發現我為止。

「妳怎麼了？」某個冬天傍晚，茜姊這樣問我。

躲在樓梯底下的我無法回答。因為父母吵架這件事情，讓我感覺有點丟臉。我別開目光，只是搖了搖頭。

不過只是這樣，茜姊似乎就察覺了些什麼。

隔天她穿著正式，到我家拜訪。

「我是兒童相談所的兒童福祉司真鶴茜，請問是否方便談談呢？」

大大方方報上名號的茜姊，看起來真的很帥氣。

她並未拿出威壓態度，也沒有要來說教的樣子，只是一副「不好意思耽誤兩位的時間」般的感覺詢問狀況，但是在重要的關鍵上面仍明確地勸告。

「光是父母在小孩面前彼此互罵，就足以深深傷害小孩的內心。今後就算覺得憤怒，也麻煩兩位先忍一忍。」

這句話，非常溫柔地傳到我耳裡。

在茜姊來過之後，我父母就很少吵架了。茜姊推薦他們參加市公所舉辦的育兒講座。在那之後，他們夫妻倆又可以親暱地一起出門了。不覺得很好笑嗎？如果能這麼容易和好，那一開始到底是在吵什麼呢？

但是跟父母不同，我一直很難平復自己的心傷。

我一直覺得待在家裡很難過，變成會到樓梯底下消磨時間。因為我喜歡獨處，所以我會在那裡看書度過。

在那樣的日子中，我認識了一個女孩。

就是井中澪。

關於澪的事情，我記得很清楚。

她是住在第十棟樓，臉頰有點膨的女孩。跟我同學年，一頭長髮留到背後，個性感覺有點陰沉。她喜歡噁心詭異的題材，常常跟我聊一些靈異事件或都市傳說的話題。

第一次跟我搭話的時候，澪也顯得有些陰沉。

「妳該不會只有一個人？」

老實說，我覺得滿不愉快的。

因為我在樓梯底下看書，但她突然從旁邊跟我搭話啊。我想說這個人該不會是看我笑話？對方用一種覺得一個人關在這個狹小地方的我很好玩的眼神看了過來。

「跟妳無關。」我鬧起脾氣忽略她。

我想說這樣應該不會再見到她了。

不過隔天她還是靠了過來，笑著對我說：「妳果然是一個人對吧？」

我困惑地心想，被個麻煩的小孩纏上了。

我有點生氣地反駁說：「就算是又關妳什麼事？」

然後她有點愣住。覺得很神奇地張著口、啞口無言的樣子。

然後她覺得很抱歉似地垂下頭，並且說：「……因為我也一樣。」

這時我才懂了。

這應該是她跟人交流的方式。她不是取笑我孤單一人，而是想要詢問我是不是她的同伴。

在那之後，我變得很常跟澪碰面。雖然不到每天就是了。大概是三天一次，或者四天一次吧。只要我在樓梯底下看書，她就會過來，然後跟我並肩而坐，只是這樣。

我們並不算感情好。

硬要說的話，應該是一種互助關係吧。在放學之後不想回家，用來打發中間這段時間時，恰到好處的陪伴對象。這就是我跟澪之間的關係。

澪喜歡靈異、恐怖之類的陰沉話題。

她的興趣跟我不合。儘管我面露難色，但她仍自顧自地說一些殺人魔或都市傳說類的事情，然後嘀咕著說：「人死了不知道會怎麼樣呢。」

澪的話題總是不脫「我用學校的電腦，輸入『絕對不可以搜尋的事件』搜尋了耶」、「我去做了心理病態測驗喔」之類的內容。

雖然我不喜歡，但我還是忍耐著陪伴她。並不單純因為我不想回家——而是因為澪是個看起來非常寂寞的小孩。

當我表示「不好意思，我明天要上游泳課，所以不能見面。」的時候，澪會瞬間好像要哭出來。「嗯，那我明天去找別人。」然後這樣說，而且臉上很難過。

看著她那樣，我非常心痛。

澪帶著一點脫離現實的氣息。雖然不是說喜歡靈異的人都是如此，但至少我覺得澪是為了逃避現實，才嚮往死後的世界。

她常常嘀咕：「我死了之後，不知道會怎麼樣呢？」令我印象深刻。

然後澪每天大多都在外面。

雖說她好像是不喜歡在家裡，但其實應該是不想一個人。她會跟集合住宅區的各種小孩搭話，雖然大多數小孩都躲著她，但一些無處可去的小孩似乎也都跟她有來往。

澪自己也曾得意地說過：「除了藍理之外，我原則上還是有其他朋友喔。」

但她這樣拚命表現出來的態度，反而更顯得她寂寞。

所以那時候，我告訴了她。那是當我們一邊在樓梯下聽著住戶的腳步聲，一邊猜測對方年齡的途中。我為了不要傷害澪的自尊，盡可能溫柔地告訴她說：「那個啊，如果妳家裡有困擾妳的狀況，我知道有個人可以依賴喔。那個人在所謂的兒童諮詢中心工作。」

我當然是指茜姊。

因為我想澪應該有跟我類似的煩惱，所以我有點擔心。

不過澪只是寂寞地說：「有一個那個單位的男性曾來過一次。不過，他只是跟爸爸稍微談了一下，就馬上回去了。」

我看著她悲傷的眼眸，再也說不出話。

「這樣啊。」我只能這麼回應。然後覺得很難過，稍微往澪身邊坐了過去一點。

兩週之後，澪從陽台上摔死了。

我在電視上看到事件詳細經過。

那是我小學四年級的十二月，一個女孩子摔死的悲劇在新聞上報導出來。

因為集合住宅區的居民作證表示「她原本就是常在陽台上玩耍的小孩」、「有時候會看到她站在室外機上，覺得很危險」等等，所以警方判斷是意外死亡。

這件事情在新聞上大肆報導。學校的男生興奮地說，晨間新聞拍到我們的集合住宅區。攝影師湧入集合住宅區，也有很多湊熱鬧的人過來。

澪的家人很快就搬走了。

離開前一天，澪的弟弟偷偷來問候我。那時他還是個小學低年級的男生。我雖然不知道他，但他似乎知道我是誰。

他來我家拜訪，並且問我「妳是常跟姊姊一起玩耍的人吧？」我回說「是的。」之後，他於是誠懇地低下頭道謝說：「非常謝謝妳。」

是個很有禮貌的孩子。

最後他問我「請問妳知不知道其他跟姊姊要好的人呢？」但我並不知情。「可能還有幾個吧。」我含糊地回答，他一臉悲傷地離開了，看起來非常難過。

這就是我所知，有關澪的一切。

好，我說完了。

這就是我所知道的，有關井中澪的一切。即使我不記得旅行中發生的事，但她的事情我倒是記得很清楚。

如何？各位已經察覺了吧？

佳音和周吾的證詞裡，本來就有些地方讓我在意。在聽了美彌的證詞之後，我變得想要再確認看看了。

那個，你們兩位是不是都有說過「在集合住宅區裡，跟某個小孩熟識起來」之類的話？

我就直接問了，希望你們能老實回答。

你們該不會認識井中澪吧？

……

啊，果然是這樣子啊。

佳音、周吾和櫻介都見過井中澪吧。所以當櫻介提到澪的名字時，大家才會那樣吃驚。

沒錯，澪是個孤單的小孩。她會找跟自己一樣，在家裡沒有容身之處的小孩搭話。告訴櫻介「監獄」這個說法的，應該也是澪吧？

這不是偶然，我們總算找到線索了。

當時，真鶴茜帶著曾是井中澪朋友的一群小孩外出旅行。

最後，我想還是提一下跟旅行有關的事情好了。

剛剛我也說了，我只顧著享受旅行，所以沒記得多少細節。唯一記得的，只有跟櫻介一起回去設施的時候吧。因為之前玩俄羅斯輪盤章魚燒的時候，吃到的紅薑很鹹，結果我水一喝多，就想上廁所。然後煙火大會會場的廁所人又多，所以我跟櫻介一起走回設施。

但我並沒有直接見到茜姊，我只是在一樓的廁所聽到二樓傳來的聲音。這是律也有發現的資訊。

我在廁所的時候，櫻介和茜姊有講到話。

因為兩人講話的時候表情相當嚴肅，察覺到狀況的我因此特地在廁所等待。所以，我並沒有聽清楚他們在說些什麼。

關於旅行的部分，我只知道這些。

好了，各位覺得呢？我認為應該接近真相了喔。

各位應該知道我所說的內容重點在哪裡吧？有兩個。

——參加旅行的人，全都是井中澪認識的小孩。

——另外，曾經有除了真鶴茜以外的兒童相談所職員，前往拜訪井中澪家。

我想大家已經多多少少猜到了吧？

茜姊之所以安排旅行的原因。

那麼，櫻介，能不能請你把相關的部分統整一下呢？

古谷櫻介的證詞

嗯，藍理，謝謝妳。

井中澪的事情很重要。我想，認定她的案子，就是這趟旅行成行的基礎，應該不會有太大問題吧。不然井中澪認識的小孩全部聚集在一起，這麼偶然的事情是不會發生的。

那最後換我說，包括把至今為止的內容做個總結。

我覺得這樣的順序滿好的，如果讓我第一個說，我應該沒辦法好好說明。因為煙火大會當晚跟茜姊的對話，實在太多地方不明不白了。當時的我，無法理解茜姊究竟想表達什麼。

但現在我多少可以理解了。

現在，我可以理解當晚茜姊之所以哭泣的原因。

首先，說說我怎麼認識茜姊吧。

十歲的時候，我受到爸爸虐待。

我沒有兄弟姊妹，跟父母一起三個人住。但是在我小學四年級的秋天，媽媽突然身體出狀況，回娘家休養，於是我必須暫時與爸爸一起，過著兩個人的生活。

媽媽一離開，爸爸突然變得很奇怪。

一開始是我不小心把水灑到地毯上的時候。那只是一點小疏失，也就是一點水，只要馬上擦乾，就不會留下痕跡。但爸爸卻突然激動地大罵我說：「你搞什麼鬼啊？」我愣住了，見我沒辦法好好回話，他又生氣了。

「說清楚原因，並且想想怎麼樣才不會再犯。」

爸爸很常這麼說。

但當年只有十歲的我當然沒辦法好好解釋。因為只是吃飯的時候不小心碰到，讓杯子掉下去了而已。除了不小心之外，沒有其他原因了吧？但爸爸不肯接受，直到我說出令他滿意的回答之前，一直逼我。

然後開始重複這樣的狀況。

當我考試沒有考滿分，或者早上鬧鐘響卻起不來的時候，爸爸就會要我跪坐，並且分析失敗的原因。他不接受只是不小心這種不明確的答案。在爸爸說「夠了」之前，我必須解釋好幾個小時。因為跪坐導致我雙腿發麻，甚至痛到哭出來。當我的腦袋昏昏沉沉的時候，爸爸就會拿裝了冰水的啤酒杯潑我水。我只能一邊冷得發抖一邊求他原諒。但爸爸只想要我說出為什麼會犯錯，還會一邊告誡我說：「我不是想要你道歉。」

爸爸的教訓行為愈演愈烈。

他會踢我肚子、打我耳光，但最常用的方式是浸我水。他會抓著我的後腦勺，把我的頭按進裝滿水的洗臉台裡面。看我因為無法順利呼吸而掙扎，才肯放開我。爸爸應該發現了，這是最不會留下痕跡的虐待方式。

我只能帶著恐懼的心情過生活。只要被爸爸發現犯一點點小錯，很可能就會沒命。但是，當人活在惶恐之中，腦子自然不會運轉。容易忘東忘西，然後每次都會被潑冰水，被爸爸教訓。

現在的我，應該就會建議當事人「去找人商量」吧。

但當年才十歲的我當然想不到這個點子。要是洩漏給別人知道，不曉得會被爸爸痛打成怎樣。對我來說，不要違抗爸爸是最重要的事。

沒有人幫我，沒有人發現。

我待在一所監獄裡面，即使哭泣也不會有人聽到。

虐待行為從秋天開始，延續到冬天。

在那段時間，有個女孩子跟我很要好，就是井中澪。不想回家的我都會跟她在一起，直到門禁時間到了為止。但當她因為意外過世之後，我又變成孤單一個人。

只有澪告訴我的、針對監獄的說明留在腦海裡，那是有關圓形監獄的敘述。

「這種監獄真正可怕的地方，是即使沒有監視人員在，囚犯也會認為自己一直受到監視」。

我理解了。

——啊，這所監獄沒有監視人員。

沒有人監視我。然後住在這裡的所有人，都認為自己正受到某人監視。所以不管怎樣大叫，都不會有人來幫助我。

我心裡只有絕望，後來我就放棄思考了。

小學四年級二月，爸爸大發脾氣，把我關在陽台上。我已經不記得那時我做錯了什麼。爸爸在我身上潑水，把陽台門上鎖之後就出去了。應該是去居酒屋吧。

那是一個寒風冰冷到有如會割裂皮膚的夜晚。

我抱著身體發抖，一直回想自己到底哪裡錯了。

因為我頭腦不好、因為我沒有好好學習、因為我沒有讀更多書、因為我沒有遵守爸爸的教導、因為我看太多電視。我明天開始會當個好孩子，所以原諒我好不好。都是我不好——我就這樣細數了好幾十個答案。

正當我覺得頭愈來愈沉重，意識逐漸朦朧的時候，我突然抬起頭。

視線前方是陽台的柵欄。

我看著這個，突然發覺。

——井中澪該不會是自發性跳下去的吧。

我很確定。

雖然我想大家可能不信，但請聽我說。

我跟墜落中的井中澪曾經對到了眼。

井中澪就住在我家正上方。第十棟的三號七樓是我家，澪家是三號十樓。所以我偶然目擊了從樓上摔下去的澪。

我敢說，我真的跟她對到了眼。

雖然只有一瞬間，但我清楚記得她那自嘲般扭曲的嘴角。

想到這裡，我的身體自然地動了起來。

我踩著裝設在陽台的室外機，爬到那上面。原本跟我的頭差不多高的柵欄，現在只在膝蓋高度。如果我想，可以輕易跨出去。

集合住宅區之外的世界擴展於眼前。

那是很漂亮的夜景。城鎮的燈光朦朧地浮現在黑暗之中。便利商店和自助洗衣店散放著白光，國道上汽車的車燈連在一起，形成一條紅色的道路。紅綠燈閃爍，電車流過，工廠的管線暴露在外，還看得到遠方的燈塔。

我覺得好像被吸進去了。

澪可能也有同樣的感受吧。

當時，門鈴突然響起，讓我回過神。

刺耳的聲音嚇了我一跳，我差點要往前倒下。我努力站穩腳步，勉強撐住了。我真的差一點點就要摔下去。

門鈴持續響著。來訪者找出總是放在瓦斯表後的備用鑰匙，打開了門。

「你沒事吧？」一位女性鞋也沒脫，直接奔了過來。

我茫然地凝視著正大大喘著氣的女性。

不敢相信，在這所監獄裡竟然有人來拯救我。

那個人就是真鶴茜小姐。

結果，我父母離婚了。茜姊雖然一直勸說父母維持夫妻關係，但媽媽無法忍受。父母提交了離婚協議書，爸爸搬出集合住宅區，反而是媽媽搬回來了。

我現在跟媽媽兩個人一起住，偶爾會跟爸爸見面，他也跟我道歉了。照爸爸所說，他是因為不知道怎麼照顧小孩而陷入恐慌狀態。老實說，我的心情很複雜。現在我也還沒完全原諒爸爸。

我非常感謝茜姊。

想也當然，那個人毫無疑問是我的英雄。在沒有人聽得到我聲音的那座監獄裡，她是唯一一個察覺我正在慘叫的人。

我打從心底尊敬她，也心想自己要成為像她那樣的大人。

自從茜姊救了我之後，我養成了在集合住宅區裡尋找茜姊身影的習慣。我喜歡對著她背影送出聲援，當然只是在內心這樣做。

不過，曾幾何時。

我在那道背影上看見了陰影。

從屋子裡出來的茜姊，總是開朗地笑著。然而一來到走廊的瞬間，臉上就表現出顯而易見的疲態。她會拍打自己的臉頰，並強行振奮精神後才離開，但腳步也是如此沉重。

我也多多少少察覺了。

——我的英雄在極其疲憊的情況下作戰。

我覺得身體發寒。

在這座見不得光的監獄裡，茜姊對我來說是救贖，是唯一願意聽我說話的存在。

但是這樣的她竟是如此憔悴。

我察覺到應該發生了什麼不好的事情。

然後，旅行當天。

接到邀請的我天真地覺得很開心，因為我很久沒有見到茜姊了。

我以為問題已經解決，茜姊也比較有餘力了。

所以我決定要好好享受旅行。

我才剛到集合地點，心裡就已經雀躍無比。其他參加者看起來也都很仰慕茜姊，這讓我格外開心。我只是個單純的小孩。我跟律一拍即合，我們於是決定專注在炒熱氣氛上。

我們在車裡聊學校和集合住宅區等，大家都能跟上的話題。車子開上高速公路，看到大海之後大家一陣騷動，在穿過隧道並看到農田的時候，甚至出聲歡呼。

雖然不太記得細節，但那時候真的很開心。

我們聊著比方躲避球大賽、每天在集合住宅區打太極拳的奇怪老頭、模仿偶爾前來賣蛋的銷售車播放的音樂、聊到在小學偶遇過幾次等等，諸如此類的閒聊令人暢快。

對我而言，那真的是一趟愉快的旅行。

所以我想跟茜姊道謝。

跟她說，謝謝妳安排了一趟這麼棒的旅行。

在我們打水槍戰的時候，我曾經一度藉口鼻子進水很痛，而暫時離開了一下。

茜姊在餐廳寫東西。只有她一個人，我認為是大好機會。

但我看到正在凝視手帳的茜姊臉龐，頓時說不出話。

——看起來非常憔悴。

我當下就是這個感覺。然後馬上理解了，茜姊只是在我們面前永遠保持笑容，現在根本沒有餘力出來旅行。

問題沒有解決，我們的英雄憔悴不已。身體看來很沉重，用化妝掩飾缺乏血色的肌膚，在臨界狀態下奮鬥。

結果，當時我什麼也說不出口。

我記得，直到前往煙火大會會場之前，我心裡仍是滿滿的不安情緒。

我們在神社附近占好位置之後，茜姊突然說「我身體不太舒服，先回設施喔。」

我不太驚訝，甚至很能接受。

在煙火大會開始之前，我們逛著攤販的期間，我也一直掛心她的狀況。

「茜姊沒事吧？我覺得她臉色不太好。」

我這麼嘀咕，佳音則悠哉地說：

「應該還好吧？剛剛美彌去探望她了。」

「不過我看她很累。」

「當然會累吧。你想想看，茜姊可是在集合住宅區裡來回奔波，幫助了在這裡的每個小孩喔。」

儘管我不太記得細節，但應該是類似這樣的對話內容。

佳音的聲音很平靜。

「她真的是我們的英雄呢。」

雖然不是在說我，但我也覺得很驕傲。有人跟自己一樣尊敬茜姊，這是過去無法與他人共享的事實。當我發現這一點，就覺得很幸福。茜姊不只是我的英雄，同時是大家的英雄這種感覺。

我決定要好好跟茜姊道謝。

在煙火大會途中，這個機會到來。

藍理前來找我，並拜託我說「希望你陪我去洗手間。」因為會場的洗手間人多，回設施的路又有點黑。周吾不知為何一臉憂鬱，律和佳音不在場。美彌年紀比我們還小，有點讓人不放心。我想她是因為這樣才找上我。

我跟藍理一起回到設施。那時候我覺得稍微有點厭倦了煙火，應該是過七點左右吧。

我想各位應該知道，洗手間在一樓。我在一樓等藍理的時候，茜姊從二樓下來，並問我「怎麼了？發生什麼事了嗎？」

我看到她，不禁倒吸一口氣。

茜姊看起來明顯不太對勁。額頭上冒著汗水，笑容有點不自然，同時想把右手背在身後，呈現不自然的姿勢。

「妳的右手怎麼了嗎？」我問道。

茜姊本來想要含糊過去，但後來才放棄地說明「被菜刀弄傷了。」並給我看了看右手。上面紮了厚重的繃帶，足以把整隻手蓋住。

我當然很吃驚，並且陷入混亂。

我搞不懂。為什麼說身體不舒服要回設施休息的人，會被菜刀弄出重傷。

但同時也有某種認知。直覺告訴我，這傷勢一定是榮譽負傷。

真鶴茜正在作戰。我的英雄儘管受到壓迫，仍拚命地面對，並因此傷痕累累。她在那座監獄裡面努力地工作，右手的傷就是她抗戰的證據。

我能做的事情很簡單，就是鼓勵她。

「茜姊拯救了我的性命。」

我把我的想法全部告訴她。

從茜姊的角度來看，應該是突如其來的告解吧。

不過，我總之盡力地說了出口。

「當時我真的想跳樓。如果那時沒有茜姊出現阻止我，我想我應該就會從陽台跳下去。我覺得澪——告訴我『監獄』是什麼的女孩好像在呼喚我。我們身處的地方是一所監獄。我其實很想跟澪一起逃走，但因為很害怕、想活下去，所以我猶豫了。而茜姊妳救了我。」

我想，如果能稍微聲援正在挑戰困難的茜姊就好了。

我很害怕。可能是她右手上的傷勢，讓我聯想到自殘行為。我覺得茜姊好像離我很遠，英雄就要消失了。

茜姊哭了。

她的反應出乎意料，我從沒看過大人哭泣。

她痛哭。滾滾流下大滴大滴眼淚，悔恨地用雙手摀住臉。她跪下來，視線高度來到比我更低的位置，然後抱住了我。

「這樣不對。」

並明確地說。

「這樣肯定不對。你都已經被逼到那麼危急的狀況了，竟然還沒有任何人發現，這樣不行的。櫻介都痛苦到想死了，但在那之前居然什麼也做不了，這樣真的有問題。所以才會發生像那孩子那樣的悲劇。必須找出真相，並且加以改變才行。」

茜姊放開我，提起我的手，跟我打勾勾。

「我會毀掉這座監獄。」

眼中泛著淚，卻如此堅定地說。

我雖然不明白這句話的意思，但我回握了茜姊的手。

茜姊離開之後，藍理在恰到好處的時機出現。我想我的眼睛應該也有點紅腫，但藍理什麼都沒說。

我們就這樣直接離開設施。

然後，在那之後我得知了茜姊身亡的消息。

以上就是我的陳述。在場所有人都說明過了吧。

綜合目前大家提出的證詞，我想說明一下我的推論。

首先大前提是，我們這個地區的兒童相談所，長期處於業務爆量的狀態。

畢竟這裡有重下集合住宅區，應該原本小孩就多，再加上美彌提到的諮詢案件增加。數量持續暴增，讓兒童福祉司都處於非常忙碌的狀態。但這類專家不可能隨時招聘就能填補缺口。

當然職員應該也想認真面對每個案子吧。茜姊也是拚命地工作。她因此救助了我、佳音、律、藍理等許多小孩。

但一定有遺漏。無論多麼優秀努力，在案子如此快速暴增的情況下，不可能對應到每一個案子。

其中一個例子就是周吾。兒童相談所雖然可以暫時保護周吾，但卻沒有做好最關鍵的、關切周吾的部分，結果造成周吾受傷到甚至會拿菜刀出來攻擊人的程度。

或許還有其他案例。

井中澪。

按照藍理所說，兒童相談所的職員確實拜訪了井中澪家，她家或許有什麼狀況。覺得井中澪看起來心裡有煩惱的，應該不只藍理和我才是。

茜姊則是想調查此事。

在相談所的報告裡面沒有記錄到的更多真相。

她邀集與井中澪有交流的孩子們，打算找出真相。

——她想知道，井中澪是不是被兒童相談所見死不救了。

第七人的證詞

櫻介說完了。

輪到他自己說才知道，陳述證詞其實相當勞心勞力。即使想要說出真相，一旦碰到記憶模糊的部分，只能靠想像補強。然而一旦補強，又會想說這明明是自己加油添醋過的資訊，卻認為這是獨一無二的真實。連自己本身都被玩弄在股掌之上。原來，陳述事實是這麼需要花費腦力的事情嗎？

沒有人反駁櫻介的推理。

——井中澪是自殺。真鶴茜推測造成她自殺的原因，說不定跟兒童相談所失職有關，並進而調查。

統整六人的證詞，會覺得這樣的答案應屬合理。

所有人都認識井中澪，以及當時兒童相談所非常忙碌的事實，佐證了這個推論。

更重要的是，櫻介的直覺這麼認為。

櫻介很清楚記得，跟墜樓途中的井中澪對上眼的那個瞬間。她並沒有表現出驚嚇或恐懼的態度，只是臉上帶著有些自嘲的微笑。

總算來到這裡了。

「調查井中澪的案子。」

美彌嘆氣。

「這就是那趟旅行背後的目的吧。」

「應該是。」櫻介表示肯定。

「周吾學長和佳音學姊知不知道些什麼關於她的事情呢？」

美彌看向剛剛沒有針對井中澪有過多發言的兩人。

佳音低哼了一聲。

「不，我也不太熟。只是我會在公園打發時間的那段時期稍微跟她聊過而已。她雖然有點怪，但不是什麼壞小孩。她讓我看了噁心血腥的圖鑑。」

周吾也點點頭。

「我也一樣吧。雖然的確跟她接觸過，但也只是我在集合住宅區公園玩遊戲機的時候，她跑來說『你在做什麼？』這種程度罷了。然後我偶爾會讓她玩遊戲，只是這樣。」

美彌有點疑惑地歪頭。

「……都沒有人想過要去了解一下井中澪的家庭狀況嗎？」

「事後放馬後砲很容易啊。」佳音噘起嘴。「不過當時我們只是十歲小孩，並不會太過介入他人的家庭狀況啊。」

「說起來，我們本來就不想聊跟家庭有關的話題。」

櫻介接著說。

「因為不希望隨口問了事情之後，被對方反問『那你家是怎樣呢？』之類的吧。至少當時的我是這樣。」

美彌以一句「原來如此」表示理解。

雖然跟井中澪感情不錯，但櫻介並不清楚她的家庭環境。只是會一起在公園閱讀從圖書館借來的監獄圖鑑，偶爾會一起盪鞦韆罷了。雖然櫻介也猜到她應該有受到父母虐待，不過實在問不出口。

周吾雙手抱胸。

「但現在只是推測吧？沒有明確證據。」

「是啊。」藍理苦笑。「若能跟律確認就好了。」

「畢竟他現在沒辦法說話。」

律還沒回到餐廳，應該仍昏倒在樓梯上吧。或許先去看看他的狀況比較好。

「這麼重要的時候卻派不上用場。」周吾嘮叨。「該怎麼辦？我們要先以這個推論為前提繼續討論嗎？」

這有點困難。

儘管直覺和現況說明推理應該沒錯，但基本上沒有超出想像的範疇。現在很想要一個能從客觀角度，說明真鶴茜究竟想做什麼，才策劃了這趟旅行的人。

律不在場，但還有一個方法。

櫻介判斷「第七個人」可以做到這一點。

他伸手拿起放在桌上的無線電，湊近嘴邊。

「我說，你應該知道吧？你應該是跟井中澪有關係的人，不然就是相談所相關人員吧？既然做了這麼誇張的事情，應該還是個孩子吧？所以是前者了？你應該差不多可以現身了吧？」

結果，對方仍未現身。這個人透過無線電聽著櫻介等人談話，心裡到底在想些什麼呢？

他的目的是解開案件謎底，說不定有商量的餘地。

就在此時。

樓梯方向傳來聲音。是一道金屬聲音。

那是隔離二樓和一樓的門打開的聲音。接著是某人走上樓梯的腳步聲傳來。

——第七個人要來了。

美彌和周吾害怕地起身，離開靠樓梯的位置。其他成員也接連驚訝地站起來，繞到櫻介後面。

情況變成櫻介離樓梯最近，但他不能在這時候逃開。雖然不知道對方有多大本事，不過這些人裡面屬櫻介體格最健壯。儘管他也會怕，總不能跑去躲在女生背後。

櫻介吞了吞口水，對方現身。

是一個穿著灰色T恤搭配牛仔褲，打扮相當隨性的少年。

對方給人的印象比預料中更年幼，說不定比櫻介等人還小。該說他長了一張狐狸臉嗎？有著細細長長的眼睛，是個五官端正的長臉男生。幸好他的身體纖瘦，看起來沒怎麼鍛鍊。如果是空手搏鬥，櫻介應該有優勢，但對方手裡握著一把菜刀。

他彷彿想藏起刀身約有二十公分長的菜刀那般，將之放到背後。

「各位好，我叫井中峻樹。請不用那麼害怕，我只是為了保險起見帶在身上，並不打算用這個攻擊各位。」

「井中……？」櫻介低聲說。

這麼一說，才想起來。

井中澪死後，有一個少年在集合住宅區哭個不停。

峻樹輕輕笑了，那是個親人的笑容。

「沒錯，我是井中澪的弟弟。這次就是我和律學長把大家關起來的。」

「你應該知道自己做了很有問題的事情吧？」

「是，我有很多事情必須跟各位道歉。包括突然監禁各位，還有假冒了真鶴茜的名字。讓我在此致上最深的歉意，真的很對不起。」

峻樹深深低頭致歉。

說話的口氣雖然禮貌，但他手上仍拿著菜刀這樣說，讓人有點不知該如何回應。

美彌無法接受般扭了扭嘴。

「與其道歉，不如一開始就不要這麼做。如果你的目的是弄清楚事件的真相，我也願意協助你啊。」

峻樹一副很抱歉似地搔了搔頭。

「對不起，無論是律學長還是我，都猶豫過該如何應對美彌學姊。」

藍理輕輕舉起手說：「所以說，你不會放我們出去嗎？」

「對，我不能這麼做。對不起。」

峻樹彷彿擋住通往樓梯的出口般站著。不知是否下意識的行為，只見他動了好幾次菜刀刀柄。每動一次，藏在背後的菜刀刀尖就會閃閃發光。

在這途中，周吾小聲地提議：「要不要出其不意，拿椅子砸他？」

別開玩笑了。怎麼可能主動往手上有菜刀的人身上撲過去啊。

「總之我們先聽聽他要說什麼吧？」櫻介提議。

「太好了，非常感謝。」

峻樹露出笑容點頭。

櫻介拉出身邊的椅子坐下。

「不用道謝，你快點解釋吧。包括那趟旅行，還有這次的監禁行動，把你知道的全部說出來。」

峻樹也小聲地說：「我明白了。」並點點頭，拉了一把旁邊的椅子過來坐好，深吸了一口氣。

「那我也跟大家一樣，不間斷地說明吧。關於我的家庭環境這邊，之前我們家是個三人家族，父親、姊姊，還有我。我比姊姊小兩歲，也就是比櫻介學長你們小兩歲，比美彌學姊小一歲。我跟姊姊年齡相近，算是感情很好的姊弟。」

峻樹年紀果然比較小，現在應該是高中一年級吧。

他說話的方式清楚明瞭，很容易聽得懂。

「我是在八年前察覺家庭的異常狀況，那是姊姊過世前三個月。當時父親對八歲的我下了一個命令：『晚上七點到八點之間，不要踏出房門。』我不懂這是什麼意思，但父親要是不高興就會打我，我無法違抗他。所以我遵從了他的命令。每天到了那個時間，我就會自己關在寢室裡。」

峻樹笑了。

「年幼的我也有發現好像哪裡不對。澪的個性愈來愈陰沉，而且變得不想回家。即使我問她原因，她也不說。問父親也是一樣。一個自稱兒童相談所福祉司的男性曾過來拜訪過一次，但他根本不聽澪說，只顧著跟父親談。在那之間，澪一直在發抖。」

這段期間，跟澪比較要好的，應該都是旅行成員了吧。

峻樹接續說。

「後來井中澪過世。在她十歲冬天，從陽台跳樓。」

「……」

「大家應該都知道，這件事被當成意外事件處理了。」

不知道是否因為說了難過，峻樹先停了一下。然後一副很抱歉似地拜託說：「能不能也給我一杯水？」

他可能也很緊張吧。

周吾另外拿出一個玻璃杯，在裡面裝水，放在峻樹附近的桌上之後又離開。

峻樹輕輕點頭示意，接過玻璃杯，喝下水。

「然後？」美彌催促他繼續。「你為什麼認為澪的死不是意外？」

「很簡單，因為澪怕高。」

峻樹稍稍笑了。

「雖然有目擊證詞表示常看到她在陽台玩耍，但那是看錯了，是其他小孩。畢竟十歲的小女孩自殺是很少見的案例，也不難理解警察會認定是意外死亡。但澪不可能會在陽台上玩耍。」

「這樣子啊。」美彌嘆氣。「但卻判定是意外死亡。」

「不能接受對吧？我也是一樣。」

峻樹用憐憫的眼神看向美彌。說不定同為喪姊立場，讓他對美彌帶著一點親近感。

「然後跟茜姊的死一樣，澪的死有很多不解之處。澪死的時候，家裡沒有人。沒有目擊者也是被當成意外身故的原因之一。但是廚房卻有兩個洗乾淨的杯子。」

峻樹瞇細眼睛。

「澪在死前，應該跟某人同處房內。」

「……」

「當然，警方不會只因這種線索就展開調查。在那之後，父親就像逃避什麼一般把我送進養護設施，然後失蹤。我一個人根本搞不清楚狀況。澪為什麼死了？是自殺嗎？如果是這樣，原因是什麼？是相談所的男職員疏失嗎？搬家之後，我也會偷偷回到集合住宅區。因為我不能接受。」

聲音裡帶著熱度。

「而發現這樣的我的——就是律學長和茜姊。」

「兩個人？他們兩個一起嗎？」

櫻介不禁反問。

因為這個說法，聽起來很像律和茜一起行動。雖然從律的證詞可以得知，他們之間應該存在某種互助關係，但還是搞不太清楚兩人的關係性。這是目前仍未解的大謎題之一。

二十五歲的兒童福祉司，和一個住在集合住宅區的十一歲小孩。

兩人到底是什麼關係？

「這個嘛。」

峻樹瞇細了眼。

「我想從結果來看，他們才是主角。那趟旅行，應該也要透過他們的觀點來描述比較好。」

「什麼意思？」

「接下來的內容，是我之後從律學長那裡聽來的。」

峻樹挺起身子。

「律學長和茜姊就是所謂的隊友。」

「隊友……」美彌復述。

「如同美彌學姊所說，當時的真鶴茜小姐工作過於繁忙。兒童相談所承接的案子太多，根本無法處理。沒辦法好好花時間關心每個小孩，也聽不見他們求助的哀嚎。『監獄』這個比喻真的很巧妙。茜姊沒有餘力注意每個住在集合住宅區的小孩，愈發憔悴。」

峻樹繼續說。

「這時候出現的就是律學長，對他人傷痛特別敏感的男孩。」

這是律自己也坦承過的。

他具備可以察覺他人煩惱的特技。

「茜姊一開始，似乎也糾結過是否該尋求律學長幫助，但她沒有方法可以拯救其他小孩。如果是律學長，就能以小孩的角度，關心集合住宅區其他小孩的狀況。他能聽到大人可能遺漏的小孩慘叫。律學長能夠敏銳地發現因為打了小孩而厭惡自己的母親、因為父母吵架而害怕的小孩，如果他覺得狀況有危險，茜姊會立刻採取行動。」

峻樹瞇細眼睛。

「兩人拯救了監獄裡的孩子們。」

櫻介重新想起律的證詞。

——福永律為了真鶴茜的危機奔波。

對他而言，真鶴茜是無可取代的存在。

「所以澪的死，讓一個小孩死去的事實，帶來很大衝擊。」

峻樹繼續說明。

「其實在澪死去之前，律學長就有關心過她，也是律學長通報相談所的。但因為茜姊正在處理別的案子，因此交由另一個職員家訪。那個人只是跟父親和姊姊講了一下話就回去了。那個負責人在檔案資料上面留下『似乎在學校方面的學習有點問題，因此告訴監護人要跟學校談談。會持續拜訪、判斷狀況變化。』這樣的內容，而茜姊也採信了。」

菜刀的刀尖顫抖著。

峻樹似乎因為怒氣而手上用力。

「但是井中澪死了。茜姊似乎認為這是自己判斷錯誤造成的，認為是自己害死了她。」

對喔。櫻介回想。

美彌確實提過。過去有一段時間，真鶴茜的精神狀況很差。

「律學長和茜姊都傻住了。然後找到我這個澪的弟弟，跟我詢問狀況。我哭著對他們說『希望你們調查。』因為至少這裡就有一個小孩，希望弄清楚姊姊為何而死。」

剩下的發展就能理解了。

茜不會漠視小孩的煩惱。如果兒童相談所有缺失，那就更不能隨便處理了。

「兩人立刻為了未能拯救的澪採取了行動。」

應該就是暑假那趟旅行了吧。

茜在忙碌之中找出時間安排旅行。邀集跟井中澪有所交流的孩子們，讓律帶頭跟大家打成一片。等到夜深時分，如果提起井中澪的話題，或許成員之中就有人會說出自己的想法吧。

——盡可能以自然的方式，不要傷害對方，問出跟井中澪有關的真相。

這才是旅行背後真正的目的。

「不過茜姊卻在調查途中身亡。」

峻樹悔恨地咬緊嘴唇。

「因為我沒有參加旅行，所以事後聽說的時候真的很吃驚。不僅事情仍在五里霧中，甚至還加上了更多疑點，居然連茜姊都過世了。律學長也受到相當大打擊，他恍神了好一段時間。」

峻樹嘆息般地吐露：「以上就是到出發旅行為止的故事。」

大致上跟推測的一樣。櫻介又想起了律。

峻樹口中形容的律，感覺對茜非常執著。

據說兩人總是一起行動。

櫻介不禁想歪，律該不會對茜保持搭檔以外的感情吧。雖然十一歲的少年可能還沒成熟到懂得是不是戀愛，但畢竟是他真切的情感吧。這個觀點是否有些偏差呢。

「所以，」美彌催促峻樹繼續說下去。「你把我們關起來的原因是什麼？」

「這是律學長提議的。」

峻樹再次喝了杯中水，吸了一口氣。

「老實說，在茜姊死後，我就放棄調查了……也只能收手啊。我和律學長都是小學生耶？」

峻樹說著。

「但律學長不一樣。他深深為茜姊的死悲傷，無法放棄。然而因為他還太小，需要時間。我想這七年之間，他一定一直在想，到底怎樣才能揭開事件的謎底吧。」

櫻介呼了口氣。

「然後答案就是這場監禁嗎？」

「對，這是律學長上個月提議的。他說：『要不要把七年前的狀況重新來過？』」

也就是說，這場監禁的幕後黑手是福永律。

他協助井中峻樹，策劃了現在這個狀況。

如果是這樣，那他真的很大膽。因為策劃監禁的當事人，竟一副沒事的樣子參加了議論。

「律學長的話裡面帶有強烈的熱忱，會讓人想要幫助他。我也確實一直很在意澪死亡背後的真相……不，即使不是如此，看到律學長那麼堅定的眼眸，我還是會想協助他吧。」

藍理稍稍舉手。都到這種狀況了，她竟是意外地守規矩。

「那個，如果是這樣，為什麼律會昏倒？」

「對啊。」佳音的聲音與藍理的話重疊。「你們應該是同伴吧?難道你們鬧不合?」

峻樹搖搖頭。

「我也不知道。」

「不知道?」櫻介反問。

「那是預定之外的行為。在周吾學長說完證詞之後,律學長突然用無線電聯絡我,說『我想在不被察覺的情況下出去一下。』失去意識是演的,現在律學長應該在設施外面。」

櫻介不禁摸了摸後腦杓。

看樣子律昏倒是假裝的。櫻介被「不可以亂動撞到頭的人」這條常識制約,所以沒有好好確認,是他的失誤。

原本以為律一直昏倒在那裡,但現在他似乎單獨待在設施外面。

這時候美彌出聲說:「那個,我想提議一下。」

當所有人都看著她,她便說道:

「峻樹,聽你說了這些,我知道你不是壞人。雖然我無法認同你採用的方法,但我能理解你想這麼做的動機。」

「謝謝。」峻樹很有禮貌地致謝。「我想，同樣失去姊姊的美彌學姊，應該可以理解我的心情。」

「你能不能先放我們出去呢？就算在這裡繼續說下去，也沒有跟案情有關的物證。能不能讓我們去找找看有沒有當時留下來的照片之類，然後再次集合呢？」

這提議不錯。

雖然手段霸道，但福永律和井中峻樹的目的是找出事件的真相。他們的目的並非危害櫻介等人，同時應該也不想把事情鬧大。

櫻介本身也很好奇事情的真相為何。如果峻樹或美彌想調查清楚，那麼他確實願意幫助，不過前提是不會危害他人。

峻樹似乎也很煩惱。他輕輕搖著菜刀，保持沉默。

太陽應該快要下山了。只要太陽稍微下山，這所被林木包圍的設施很快就會轉暗。影子蓋在峻樹的臉上。

「不行。」

峻樹大大呼了一口氣。

「不能這麼做。」

美彌不滿地嘀咕：「為什麼……」

峻樹瞪向如此說的她。

「妳應該明白吧？殺人犯恐怕就在這些人之中，還是說在你們六位提到的內容裡面，有其他嫌疑犯存在呢？」

事實再次被提起，讓櫻介不禁感受到一股寒氣。

峻樹說得沒錯，茜的死亡是臨時起意犯行的可能性很低。因為他們一直有人交替來去設施和煙火大會會場之間，但沒有人看到可疑人士。

自殺論也遭到否定。

也就是說，殺害了茜的人，就在除了律以外的五人之中。

更要說，這裡面有人很可能是井中澪死亡的現場目擊者，但那個人不知為何還沒表態，不知道是不是同一個人。

「如果釋放了你們，犯人就不會再回來了，之前的討論肯定會不了了之。」

峻樹的聲音顫抖。

「拜託大家繼續討論，好嗎？機會只有現在而已了。」

他用手中的菜刀指著大家，催促起來。

位在櫻介身後的佳音和周吾同時吸了一口氣，看來是有點害怕。

櫻介不禁嘆氣，這樣根本無法繼續討論。

峻樹很焦急。他只把該說明的事情說完之後，就要櫻介等人揪出犯人，但卻忘了講最重要的關鍵。

櫻介也想揪出犯人。

想知道直到最後仍希望自己幸福的茜死亡的真相。

「我想問最後一個問題。」

櫻介溫柔地說。

「茜姊和律為何要追查井中澪死亡的真相？他們只是想查清楚相談所的缺失，讓自己接受而已嗎？」

「……不。」峻樹儘管有些顧慮，仍明確否定。

「他們是想要舉發對吧？要揭發這個地區的相談所已經無法正常運作的事實。」

峻樹瞬間睜大眼睛。

露出愕然的表情之後低聲說：「……沒錯。」

「那就是茜姊和律學長的目的。儘管他們曾經遲疑過，是否要利用澪的死製造話題。不過這是必要的，我們當時居住地區的相談所實在太缺乏人手了。」

兒童福祉司的工作繁重，並且嚴重消耗。這不是他們的錯，而是因為諮詢案件突然且大量地增加之故。

「有很多案件應該根本沒有出現在檯面上吧。有些案例是像周吾學長那樣，只因為暫時接管了小孩就拆散了一個家，或者像櫻介學長這樣，長期沒能發現虐待問題。無法聽到孩子們的慘叫、眼睜睜地看著他們死去的——監獄。」

櫻介咬唇。

在這個瞬間，或許還是有小孩正在慘叫、正掙扎著尋求協助。然而，這個地區的相談所卻沒有餘力接下這些任務。

——孩子們在監獄裡死去。

「茜姊職場的所長好幾次跟縣政府提出增加人手的要求，但人手沒有增加，因為需要強烈的動機。如果能證明『相談所忽略了虐待行為，導致兒童自殺』，相談所也不得不改善了。」

峻樹的聲音裡充滿激動情緒。

「茜姊很想改變這個狀況。」

櫻介想起七年前，茜所說的話。

——我會毀掉這座監獄。

這句話的意思是指，她要揭曉井中澪死亡的真相，並藉此促成相談所增加人手。她應該無法與同事商量吧。她的行為等於是要揭發身邊發生過的壞事，所以才會選擇透過旅行這種方式偷偷詢問情報。

峻樹稍稍看向窗外。

「現在相談所的狀況跟七年前沒什麼不同，甚至可以說更加惡化。律學長說『把七年前的狀況重新來過。』他想繼承茜姊的遺志，揭發井中澪過世的來龍去脈，並加以舉發。」

櫻介也跟著看向窗外。

據說律已經到了設施外面。雖不清楚他的目的為何，但應該是跟案件真相有關吧。

櫻介走近峻樹，站在他身邊，並請他放下菜刀，轉而面向其他成員。

「我相信律和峻樹，也贊成他們。我想繼續討論，並且揪出犯人。如果這麼做是繼承茜姊遺志，我想協助他們毀掉監獄。」

接著他問：

「你們呢？」

其他成員似乎有些煩惱。果然要在遭到監禁的狀態下繼續討論，會令人有些抗拒吧。加上峻樹拿出菜刀，更增添了無謂的緊張氣氛。

首先轉向桌子的是美彌，她走向之前坐的位置。

然後藍理、周吾、佳音也依序走回桌前。

最後是櫻介就座。

峻樹將菜刀放在地上，重新坐回擺在出入口處的椅子，投來觀察般的目光。

櫻介負責主導，繼續議論。

「那我們來討論看看吧。知道井中澪死亡的一切真相，並且殺了茜姊的人究竟是誰？」

其他成員也點點頭。

——真鶴茜無法完成的事。

井中峻樹所說的，她想做出的挑戰。茜肯定會以堅強的意志力做好準備，她並不是隨口對櫻介說那番話。她持續思考解決方案，以避免再忽略掉孩子們的問題，導致悲劇發生。

為了打造一個能聽到孩子們聲音的世界，因而想知道井中澪死去的真相。

現在，大家要做的，就是完成七年前茜無法所做不到的事。

揪出目擊井中澪自殺的人物。

那一定與茜的死亡事件有密切關聯。

這是為了毀掉監獄而進行的議論。

真相

櫻介凝視白板。從休息時間美彌寫好之後，沒有進行太多調整。在煙火大會途中，周吾離開、律離開、佳音追了上去，然後櫻介和藍理移動。並沒有新情報指出，那之後到底發生了什麼事？

每個人都已經講完一段證詞。

剩下就是對照大家的證詞，挑出破綻的工作了。

首先發言的是周吾。

「我想確認一下前提。說起來井中澪死亡的案件，跟殺害茜姊的事件有關聯嗎？有沒有可能兩者是分別獨立的事件呢？」

「當然有可能吧。」

藍理說道。

「不過如果是這樣，犯人殺害茜姊的動機為何？我想不到一個十一歲的小孩要殺掉恩人的理由是什麼。」

「……犯人與井中澪的死有關。因為不想這事被揭穿，所以殺了茜姊。結果還是這樣嗎？」

周吾雖然整理了一下議論的前提，但老實說有點尷尬。繼續下去只是在推論上面繼續堆疊推論，缺乏可信度。

「我覺得應該不要從動機下去推論吧。」

美彌說道。

「若要舉出極端點的例子，的確不能否定可能有以殺人為樂者潛藏在我們之中，也有可能因此誤會。」

「妳舉了很多可能耶。」佳音露出冷笑。「也不能否定茜姊因為被周吾攻擊，因而失意自殺的可能性喔。」

雖然覺得很難想像，不過確實沒辦法說絕對不可能。雖然不想承認，但也是有茜跟櫻介的約定全是謊言，在那之後直接選擇自殺的可能性。

這一切都是建立在大家的證詞之上的議論。

能夠仰賴的只有七年前的記憶。無法排除各種選項，總是會有些曖昧不清的部分存在。如果只是基於「或許」進行議論，將永遠無法導出真相。

那麼方法只有一個了吧。

指出對方陳述內容的矛盾，讓犯人自首。

儘管不能排除作偽證的可能性，不過至少是最合理的方式了。

在餐廳角落的峻樹說道。

「如果討論不下去，要不要每個人分別提出自己認為的嫌疑犯是誰呢？比方在煙火大會途中，離開野餐墊的可疑人物。」

這提議不太值得採納，桌前每個人都以略顯冷漠的目光看著峻樹。

「這不是狼人遊戲，不能基於自身主觀指出犯人。」

櫻介這麼說，峻樹就有點難過地低聲說：「說得也是，對不起。」

佳音挑釁似地微笑。

「不過要不要試試看？即使不是指出嫌犯，但還是可以點出印象中，在煙火大會後半段，曾經離開野餐墊的人物。」

周吾一臉不悅地回說：「律和櫻介。」在他右手邊的佳音則低聲說：「美彌好像也離開過。」櫻介則回說：「我是去上廁所，結果就是在回到設施的時候，錯過了時機。」美彌和藍理則回說：「不記得了。」

「……嗯，想也知道會這樣吧。」

櫻介不禁嘆息。

「如果沒有發生過什麼印象深刻的事，不太可能一一記得誰有沒有在野餐墊這邊吧。」

「就算有人離開。」美彌淡淡地低聲說。「只要聲稱『去上廁所』，也就沒辦法再追究下去了。」

沒錯，所有人的證詞，時間帶都集中在煙火大會開始前，或者是剛開始之後沒多久。在快結束的時候，並未發生什麼特殊的狀況。記得的內容只有一點點。

現在沒有可以議論的主題。

——應該關注些什麼？

——應該追問誰的、哪個部分的言行舉止？

福永律不在場真讓人扼腕。因為最後見到茜的人是他，很想跟他確認看看是不是真的什麼都不知道。

櫻介突然想到。

「話說，律是發現了什麼不對嗎？」

櫻介這麼說，一旁的美彌覺得很不可思議地看了過來。

「你是指什麼？」

「……不，就是律現在跑出去的原因。在周吾陳述完之後，他不知為何跟峻樹提出『想要去設施外面』的要求。應該是當下有了出乎律意料之外的發展吧。」

律突然改變了想法。如同峻樹所說，這行動應該不在本來的計畫之中。

「律懷疑我是犯人。」周吾瞇細眼睛。「是不是因為這個推論落空，所以重新安排計畫了呢？」

律相當敵視周吾。在議論結束之後，也一直懷疑著他。

但律的預測卻落空了。周吾提出的證詞內容並沒有矛盾之處，也沒有刻意隱瞞跟茜之間發生了什麼的跡象。

——律不再把周吾當成嫌犯？

——然後察覺了另一個真相？

在周吾的證詞裡，或者是休息時間時發現了什麼線索吧。

櫻介閉上眼，感覺差一點就能掌握到些什麼。

他重新回顧所有人的發言。不單是證詞部分，在來到這裡、開始討論之前，有沒有人說過什麼奇怪的話？櫻介試著慢慢回憶每個人的每一句發言。

——沒錯，應該回顧的不是過去。

即使對無法確認的記憶提出可疑之處，也只會演變成彼此爭辯、一直質疑對方的結果。

——該思考的，是監禁開始之後大家的發言。

如果是這個部分，應該還記憶猶新。因為在場所有人都聽見了。

「峻樹，我問一下。」櫻介喚道。

「什麼事？」峻樹抬起臉。

「剛剛在這裡的對話，你都有錄音下來嗎？」

「……」

峻樹評估似地瞇細了眼。

櫻介說「這個資訊對接下來的議論是必要的。」峻樹才說「喔喔，是這樣啊。」

「律學長雖然要我保密，但我想應該可以說了吧。那個無線電兼具錄音功能。」

準備得很周全。應該是律提議這麼做的吧。

也就是說，在這裡的言行舉止，都毫無疑問將成為證據。從所有人聚集在這裡開始，律放在口袋的無線電持續錄下了大家的聲音吧。

周吾問：「你發現什麼事情有問題嗎？」

確實有。

犯人應該難以說謊。因為討論的方向性不同，強調跟案情無關而刻意說謊的行為很可能出現矛盾。而在場應該沒有人，能夠預料議論會往什麼方向進行。律刻意安排的計畫，可能是透過這種方式，檢視每個人的證詞，並從中找到矛盾點，揪出犯人。

櫻介詢問右邊的藍理。

「那個，藍理妳為什麼假裝不認識井中澪？」

「我嗎？」藍理一副覺得很奇怪的態度放鬆表情，「什麼意思？」

「在所有人到了之後，我有提過井中澪的話題吧。在我說完覺得集合住宅區好像監獄的那段故事後，妳還反問說：『那是誰？』喔。」

「有嗎？」

「如果妳想含糊過去，我們可以重聽錄音。」

櫻介拿起無線電。

「這不是很奇怪嗎？妳怎麼可能忘記井中澪呢。」

一開始碰面的時候，若說這些人之中有人不認識井中澪，的確沒什麼好奇怪的。但現在議論已經進展到一定程度，就會覺得很不協調。藍理本人也明確地述說了自己與她之間的關係。

「妳為什麼要假裝不認識井中澪？」

「因為對我而言，澪的死是非常難過的體驗。」

藍理想含混過去般苦笑。

「那不是什麼需要積極表態的話題吧。我不禁想要裝作跟我無關的態度，有這麼奇怪嗎？」

很難說，藍理的回答也不無道理。實際上那個時候，在場所有人都沒有表態認識她。每個人都抱持不想讓人知道自己跟井中澪有關聯的念頭。

但那麼刻意表現出沒有關係的態度，原因為何？

「這麼說來。」美彌也發言了。「藍理學姊七年前，為了上洗手間而回到設施的時候，有沒有聽到櫻介學長和姊姊之間的談話內容？」

「我一開始沒說嗎？我一直待在洗手間裡面，並未在場。我大概知道他們在講什麼嚴肅的話題就是。」

「不過律學長有說，櫻介學長和姊姊的對話，確實傳到二樓了。」

「……是這樣嗎？」藍理歪頭。

「我們可以現在驗證看看，在一樓的洗手間，是否能聽清楚會從一樓玄關傳到二樓餐廳的對話內容。」

櫻介看了看峻樹，只見他以尖銳的目光看向藍理。如果是為了得出真相，他也願意協助吧。

「企畫這場監禁的律學長沒必要說謊，藍理學姊妳為什麼要隱瞞真相呢？」

藍理持續含糊地說：「是這樣的嗎？」

櫻介跟美彌對上了眼，看樣子兩人有著相同想法。

——藍理在煙火大會途中，領略到「真鶴茜在調查井中澪的案情」這件事。

她可能是偷聽了櫻介和茜交談的內容，因此推測出來的。

越智藍理一直在跟井中澪有關的事情方面說謊。一開始見面的時候假裝不認識井中澪，但是當案情背後浮現跟井中澪有關的跡象後，立刻翻盤似地說出自己跟井中澪的關係，然後又假裝沒有聽到櫻介和茜的交談內容。因為兩人的對話內容，會令人想起茜在調查井中澪的事件。

周吾直接問：「妳就是犯人嗎？」

「只是有嫌疑吧。」藍理繼續裝傻。「無論大家怎麼說，我都能夠持續主張七年前的我什麼也沒聽見。」

她臉上的表情沒有任何變化，貫徹很悠哉的、彷彿千金大小姐般游刃有餘的態度。

藍理雖說只是有嫌疑，但現階段除了嫌疑之外也不會更進一步了。七年前的事情不可能出現更決定性的證據。

有必要讓她自白，必須再往前進逼一、兩步。

「俄羅斯輪盤章魚燒。」

櫻介丟出突然想到的單詞。

他自己也不知道為什麼會想到這個話題，幾乎是直覺使然。

藍理的眼睛瞬間睜大。

看到她那樣反應，櫻介立刻整理情報：

「其實就是之所以開始這些討論的源頭。我們在野餐墊上吃俄羅斯輪盤章魚燒的時候，佳音不在場。」

從這個點切入，揭露佳音的謊言，然後才各自開始陳述證詞。

但回顧一下這個事件，確實仍留下一點不協調感。

「這段記憶，會發生在時間表上的哪一個段落？」

「這不是顯而易見嗎？」藍理回答。「我應該有提到吧？大概是煙火大會開始了三十分鐘之後吧？是佳音不在場的時間帶的話……這個嘛，當周吾在設施攻擊了茜姊，律前往設施，然後佳音追了上去。就是這個時候。」

「如果是這樣，這個時間點上律應該也不在才是。」

吃章魚燒的時候律應該在場。這點不光是櫻介，連周吾和美彌也都記得。

只有在煙火大會剛開始之後，或者快要結束之前的時間，周吾和律才同時在場。

美彌用手抵著嘴角。「佳音學姊離開野餐墊兩次？」

「一定是這樣。佳音，妳說了第二個謊。但這不重要，因為妳可能只是去個洗手間。」

出現嫌疑的佳音小小頷首。

雖然櫻介也想追究，但可以等等再說。

「問題在於，藍理陳述證詞的時候，刻意欺騙了章魚燒的時間點。」

藍理在證詞中提到，去買章魚燒的時間點在「自己和櫻介前往設施之前沒多久」，但這明顯是說謊，因為那時候律並不在場。

藍理笑了。

「對不起，我剛剛也說過，我幾乎不記得七年前發生的事情了。」

「那妳可以什麼都不說。實際上，妳對於旅行時發生的事幾乎沒有提及，卻特地再強調一次所有人都記得的部分，並且還把實際上沒有發生過的事情，當成發生過一樣加油添醋上來，究竟是為什麼？」

這已經超出記不清楚或疏忽沒注意的範疇了。

她的證詞已經是杜撰了。還特地加上「吃到的紅薑很鹹，結果我水一喝多，就想上廁所」這種很合理的原因。

「即使如此，妳還是想保持緘默嗎？」

櫻介詢問。

「妳不能再用不記得當理由了喔，因為妳明顯杜撰出謊言了。」

「不要這樣瞪我。」

藍理批判似地噘起了嘴，櫻介有些不知該如何反應。他不能在這裡讓步。

周吾雙手抱胸，以嚴肅的表情看向藍理。

但威嚇的態度似乎也沒什麼效果，只見藍理起身，來到白板前，她說：「讓我思考一分鐘。」然後她靜靜地凝視著上面的文字，嘴裡嘀咕著一些話。

峻樹緊張地吸了一口氣。

櫻介等人等了藍理一分鐘。

看了看掛在牆上的時鐘，已經晚上六點了。房裡愈來愈暗，卻沒有人起身開燈。

藍理嘆了口氣說：「也是。」接著推了白板一下。

「看來只能承認了。沒關係，我已有所覺悟。我似乎說太多了。嗯，我確實說謊了。」

她微笑著回答之後，回到自己的位子上。

「妳說了多少謊？」峻樹詢問。

「我目擊了井中澪自殺。」藍理回答。「大概是八年前吧。峻樹學弟你看到的兩個玻璃杯，那是我跟澪用過的。」

竟是如此乾脆地自白。

但櫻介沒有完成事情的感覺。儘管解開了一個謎題，內心仍留有大量難以理解的情緒。

「妳知道嗎？井中澪死去的真相……？她是自殺嗎？還有她這麼做的原因？」

「嗯，我知道。」

藍理立刻回答櫻介的提問。

「她是自殺。澪其實受到親生父親的性虐待，但相談所沒有發現，也沒有幫助她。澪只有告訴我。她很難過似地用手抵著嘴邊，彷彿希望只有我一個人記住那樣，要我『不要告訴任何人』──然後在我眼前跳了下去。我只能在陽台上，看著一動也不動的澪。」

她的聲音清楚明確，裡面不帶絲毫想要含糊的感覺。

藍理挺直身子，正正當當地繼續回答。

「即使澪不說，當時的我也知道，這件事情不該公諸於世。雖然非常悔恨，但這也是沒辦法，畢竟我答應了澪。」

藍理似乎認為公開澪受到性虐待，是對她的一種褻瀆。

她很難過地繼續說：

「所以當我知道茜姊在追查澪這件事的時候，我很生氣。你們明明沒能幫助澪，為什麼現在還想查？我因為整個人怒氣上衝而衝動地採取行動了，對不起。」

藍理從椅子上起身，轉往美彌的方向深深鞠躬致意。她維持這個姿勢好幾秒，一動也不動。

美彌什麼也沒說，只是靜靜地回視著藍理。

峻樹像是被拉了一把般起身。

「藍理學姊，謝謝妳坦誠。那麼，為了避免相同的悲劇再次發生，可以請妳把這件事情告訴相談所嗎？我也會跟妳一起去。」

然後藍理再次入座，轉而正面面對峻樹。她整理上衣，順好裙襬，又一次挺直了身子才開口。

「我做不到。」藍理說道。

峻樹皺起眉頭。

藍理為了強調，重複地說：「我再說一次。我做不到。」

峻樹停下腳步，求救似地看向櫻介。

但櫻介不可能懂。

「為什麼？」

「我一直不懂峻樹學弟和律想要做什麼，可以先請教一下這個部分嗎？你們的目的雖然是舉發，但要怎麼舉發？是要去跟媒體告狀？又或者是在網路上散布消息說『兒童相談所因為疏失害死我姊姊』？」

藍理突然改變話題，一連串地說出來。

峻樹覺得很麻煩地搔了搔頭。

「這個嘛，我是這麼打算的。」

「嗯，這樣就會有大量電話打進相談所吧。你知道嗎？過去也有類似案例，相談所沒有執行暫時接管的小孩子死了。據說當時，一天會有幾千通電話打進進相談所。」

「我想你們應該是覺得，只要有這麼多電話，行政單位就會為了避免再有小孩子犧牲，認真思考如何防止再次發生同樣的問題，對吧？」

「但在處理這些電話應對的期間，相談所是做不了其他事情的。」

藍理嘲笑似地扭了扭嘴角。

「必須採用平和一點的方法，不然只會造成其他孩子犧牲。」

「妳到底想說什麼？」

「茜姊應該能好好處理這個問題。她一定會跟上司討論、安排，在避免造成混亂的狀況下完成這件事情，畢竟還有內部舉發這個方式。」

藍理的口氣很冷漠。

「但跟相談所沒有任何瓜葛的我們辦不到。」

峻樹的臉瞬間泛紅。

相對的藍理則是非常冷淡，幾乎可說面無表情。

櫻介無法加入他倆的議論之中。藍理說的確實有道理，但目前仍看不清她這麼說的背後主張為何，可是櫻介又不覺得她只是為了拖延時間才這麼說。

「實際上，」櫻介提問。「峻樹，你們有相關的管道嗎？現在才想舉發八年前的事情，要怎麼做？即使告訴相談所，也可能被對方搓湯圓搓掉吧。」

畢竟這是指出行政疏失，要是對方不承認，也就到此為止了。社會上多的是把壞事搓掉的案例。

峻樹悔恨地支吾著說：「這個……」

看來是沒有什麼特別的管道。

這麼一來確實如同藍理所說，舉發不可能會成功。即使在網路上放消息炒作公開，也只會無謂地增加混亂。

「大家都知道小孩很寶貴。」

藍理以尖銳的語氣說。

「即使如此，沒有增加兒童福祉司的原因在於需要專業知識。小孩的內心很難處理，既脆弱又複雜，不能用既定的規則去套用對待。即使外界一直高喊『增加人手』，也無法量產專家。我一直覺得——處理心情很難，七年前我就這樣覺得了。」

她的聲音裡帶著格外強烈的實際感受。

藍理的眼神憂慮，搖了搖頭。

「總之，要舉發需要內部人士協助，不過在內部的茜姊已經不在了。」

「妳從剛剛開始就以為自己是誰啊，講一大堆冠冕堂皇的話。」

峻樹撿起掉在地上的菜刀。

「請妳幫忙，妳有這個義務去做。」

「我不要，至少要也不是幫你。」

「妳應該知道吧？我們在這裡議論的時候，可能也會出現相談所幫助不了的小孩啊。」

「協助你只會增加這樣的小孩，無謂地造成現場混亂。」

櫻介因為覺得氣氛緊繃，於是站起來介入兩者之間。

峻樹散發很想動手的氣勢，重重地呼著氣。他身上有種像是即將爆開的氣球那樣的危險感覺。

儘管美彌對藍理投出勸誡般的眼神，但藍理也是絲毫不肯退讓。

「妳要是不肯說，我也有其他方法可用。」

峻樹先放下菜刀，回到原本在餐廳角落的位置上。

「我要揭發妳的罪行。我有錄音，我大可以把妳殺害茜姊的真相告訴妳家人或朋友。」

「沒用的。」藍理哼笑。「殺害茜姊的並不是我。」

美彌不禁出聲。

櫻介也是大感意外，他以為藍理為了隱瞞井中澪自殺的真相才殺害了茜。

藍理無力地搖搖頭。

「我只是想惡作劇一下而已。我為了讓茜姊不好調查，所以說了一些不利於兒童福祉司的流言。像是『在煙火大會途中，茜姊好像有跟律單獨相處。晚上偷偷約在設施碰面……感覺很可疑耶。』我只是想讓茜姊難做事。因為我不知道她要調查這些是基於怎樣的背景、有著怎樣的正當理由。」

藍理的聲音顯得有些悲傷。

「我真的什麼都不知道。在那個開朗快活的女孩心裡，究竟有怎麼樣的情感糾葛。我並不知道她喜歡律，也不知道她對於性，尤其是成人對孩子抱持的欲望是那麼厭惡。」

藍理邊嘆氣邊說。

「在那監獄裡，沒有人察覺她一直抱持著的苦惱。」

響起一道很大的聲音。

佳音從椅子上跌落，整個人坐在地上。她摀著嘴，眼淚濡濕臉頰。在沒有人開口說話的情況下，只能聽見佳音的啜泣聲。

已經不用再多問了。

殺害了真鶴茜的人——

「我問你。」藍理低聲說。「這樣你還想舉發嗎？」

峻樹無法回答，整個人僵住，櫻介也不知道該說些什麼。美彌靜靜地凝視佳音，周吾則緊抿著唇。沒有人說話、沒有人行動，櫻介等人被囚禁在只有眼淚不斷落下的空間裡。

祕密

福永律在樓梯聆聽結局造訪。

並能感受到充滿於餐廳的悲壯氣息。

——原來犯人是佳音啊。

律坐在樓梯上，把無線電夾在膝蓋中間，呼了一口氣。

他無論如何都得到外面一趟，所以才離開大家身邊，之後一直透過無線電聽著大家的議論內容。大家重新面對不願回想起的過去，並且互相交流、並藉此得出真相，應該是很完美的結果才是。

但他的心情一點都不愉快。

雖然這樣說有點俗套，但每個殺人犯背後都有隱情。即便揭發了這些隱情，也不保證能夠獲得相應的回報。律想揭發的隱情就屬於這一種。

手塚佳音應該是誤以為真鶴茜對福永律做了些什麼猥褻的行為，並把這件事情與自身體驗重疊了。而追根究底，是因為她內心的傷並沒有獲得治療。

律感受到一股難以釋懷的情緒，只見他按著腦袋，搖了搖頭。

──監獄就在這裡。

一直為這種封閉感所苦，結果仍是什麼也沒變。對照大家的證詞後得出的結論，是所有成員身上都背著詛咒般的傷。

手塚佳音因為老師的性騷擾，一直在心裡對性抱持強烈的厭惡。而這個問題在並未妥善處理的情況下，最終釀成了悲劇。

武井周吾因為兒童相談所的關係被迫與母親分開。在情感驅使下的他攻擊了茜，並一直因為這項過錯而懊悔。

真鶴美彌一直在身邊看著姊姊日漸憔悴。在茜死後，她雖然比任何人都強烈地跟警方表示需要好好調查，卻未獲得採納。

越智藍理一直逃避雙親吵個不停的家庭，並且親眼目擊因此認識的井中澪自殺現場。她遵守與澪之間的約定，一直將真相埋藏在心裡。

古谷櫻介背負著長期受到父親虐待，卻沒人察覺的過去。心中非常感謝茜的他，懷疑茜自殺身亡，並且一直自責沒能阻止憾事發生。

這跟在重下集合住宅區的角落，哀嘆沒有人聽得到自己聲音的那些時光沒有差別，沒能獲得解放。即使過了這麼長一段時間，心中的這些痛苦，仍停留在七年前的階段。

——所以才一定要毀掉這座監獄。

律深吸一口氣，站起身子。

假扮黑幕的遊戲就到此為止了。坦承一切、面對大家的時刻已經到來，必須為七年前的那件事情劃下休止符。

律一步一步登上樓梯。每踩上一步，樓梯就發出嘎吱聲響，這聲音讓他想起煙火大會那晚的記憶。

律沒有跟任何人透露過自己和茜度過的那段時間。

他不打算跟任何人說明與她一同度過的日子，那是只屬於他的寶貴回憶。

⋯

律從懂事開始，就一直活在哀嚎之中。

這個感覺無法用言語表現。該怎麼形容呢，有點像是潛入海中，全身感受到強大的波浪，然後被無法抵抗的力量玩弄，並被拉扯到未知的黑暗之中。低沉的聲音持續在耳邊迴盪，呼吸漸漸變得困難，意識遠去，並急忙掙扎著想要回到岸上。這就是律在重下集合住宅區的體驗。

要活下去，就是得學會變得遲鈍，但律是完全處於另一個極端上的孩子。

律從小就具備神奇的特技。

「媽媽，剛剛從我們旁邊經過的男人，在公司受到苛刻對待喔。」

他常常跟父母報告。律只是說出自己察覺到的事情，只是誠實地實踐幼兒園老師教導的：「碰到有困難的人，記得跟對方搭話喔。」

「同班的陽子常常挨爸爸打耶，可以放著不管嗎？」

「流星的媽媽心裡很不好過，碰到了很難過的事情。」

律提出的問題幾乎都是真的，讓父母覺得他很噁心。

他可以好似事情發生在自己身上那樣，感應到居住在集合住宅區裡數千人所感受到的痛。從臉上表情、從聲音、從儀態、從步伐、從呼吸，律也不知道原因為何，那是一種才能、天生能力。只要看到一個人，對方壓抑在心裡的煩惱就會化為聲音傳到律的耳裡。後來律稱呼這些聲音為「哀嚎」。

這完全不是什麼好事，周遭的哀嚎不斷壓迫律的心。

即使跟父母報告，也無法排除鄰居的痛苦。就算律察覺了，父母也不可能每每介入他人的家庭。

因此律只能鬧了。

每次只要聽到別人的哀嚎，他就會在房裡大鬧。捶打、腳踢牆壁，藉此宣洩激動的情緒。隨著律成長，父母覺得再也無法控管他，於是變得會把他趕出家門，卻造成反效果。每當律與集合住宅區內的人們擦身而過，就會感受到這些人的痛，並在體內累積。等到他無法承受這些情緒的時候，他就會毫不留情地出手制裁這些惡行。

即使在打斷同學的手，被警察交給兒童相談所接管，他也沒有停止使用暴力。進入暫時庇護所之後，只要在那裡看到小孩之間的霸凌行為，律就會出手痛揍加害者的臉，然後因此被移送到別處的暫時庇護所。他的暴力行為有正式的病因，儘管開立了安定精神的藥物給他服用，卻不見多少成效。

不知是否當時的兒童福祉司放棄了，後來換了一個兒童福祉司負責帶律。那個人就是真鶴茜。

律在暫時庇護所看到她的瞬間很是吃驚，因為律見過她。

「妳是不是有去越智藍理家拜訪過？」

律不禁直接問出口。

律還記得，在集合住宅區裡曾聽到十一棟的某戶傳來巨大的哀嚎。但是當一位神祕的女性拜訪過那家之後，哀嚎就停止了。

茜輕輕驚呼了一聲。雖然她因為個資的關係不能明確回答，但律從她的反應能夠推測得出，就是眼前這位女性，拯救了正在煩惱的越智藍理。

茜對律說：「你真是個體貼的孩子。」

從那天開始，當律覺得自己無法負荷時，也不再使用暴力，而是轉而告知茜。她會非常感同身受地聽律說明，也會給予合理的建議。

後來兩人發展成互助關係，一起幫助集合住宅區的孩子們。

律也有告訴茜井中澪的事情。悲慘的哀嚎一直以幻聽的形式迴盪在律耳邊，他握緊拳頭，忍耐想要使用暴力的欲望，告訴茜此事。

所以他不能接受。

他明明告訴過茜這個少女——井中澪有危險，但她還是從陽台摔死了。

聽聞井中澪死訊後，律一直關在房裡不出來。

他無法踏出房門。只要稍微踏出去，就會聽到哀嚎幻聽。總是如此。這可以忍。然而當在腦海迴盪的哀嚎與死亡連結時，律就只能摀上耳朵蜷縮著了。

救救我。

嘴唇動了起來。自己與他人的分界早已不存在，只能不斷乞求幫助。用棉被包裹身子，持續等待哀嚎止息。

——在這個世界，人會死。

明明是已經理解的事實，卻以刁鑽尖銳的形式貫穿身體。律一直知道井中澪在哀嚎，也很確定井中澪是自殺。自己明明聽見她的哀嚎了！

過了兩週，律總算能夠踏出房門。他首先前往的，就是真鶴茜的家。

在家門前見到面時，真鶴茜消瘦了一整圈。

「律……」茜的聲音沙啞，「……對不起。」

茜害怕似地別開了目光。

律覺得很奇妙，她為什麼道歉呢？然後馬上察覺她是為井中澪的事情道歉。律明明已經提醒過她說，那個女孩有危險了，卻還是任由她死了。茜應該是因此覺得愧疚吧。

茜讓律進房。美彌和父母都不在家，兩個人在餐桌面對面而坐。

茜開頭就說：「其實規定是不可以這樣的。」接著，說明了井中澪與兒童相談所之間的關聯性。

井中澪的案子不是她負責，而是另一個兒童福祉司的工作。他雖然懷疑井中澪遭受虐待，卻沒有明確的證據，因此只能採取今後會持續拜訪的措施。

知道井中澪墜樓，相談所的職員們立刻推測是自殺，或者是虐待到最後的他殺。但這些職員手上還是有處理不完的兒童問題。

——對警察得出的結論提出異議的不該是相談所。

——與其一直掛心已經死去的孩子，還不如把精力用在仍活著的孩子身上。

以上就是相談所得出的結論。

對於懷抱拯救小孩的夢想，並志在成為兒童福祉司的茜而言，著實難以接受。

「真的很對不起。明明你有特地告訴我……那明明是一條有機會拯救的性命。」

茜哭了。

律第一次看到年紀比自己大上許多的成年人哭泣。淚水從摀著臉頰的手掌溢出，滑過白皙的手臂，豆大淚珠滴落在餐桌上。

「我很忙。這不能當作藉口，但我真的很忙……虐待通報一直進來，沒人有空去井中家，都在處理別的案子……我手上也有幾十個案子在跑……注意力都放到其他小孩身上了……」

茜顫抖著聲音說。

「對不起……澪……對不起……」

茜彷彿吐出所有壓抑的情緒般放聲大哭，哭得簡直像個孩子。平常那個溫柔體貼、游刃有餘的面龐已不復見。

律只能茫然地看著這樣的茜。

這時候的律並不知道，美彌所說的——兒童相談所接獲的諮詢數量激增、兒童福祉司的人數壓倒性不足的問題。

他感受到的，是哀嚎。

茜內心發出的哀嚎，不斷在律體內迴盪。

她多次拯救了集合住宅區的孩子，但沒有人拯救她。

律激動了起來，每當聽到哀嚎，他就覺得自己的心要被撕碎了。無論體驗多少次都無法適應，很想大鬧。過去是透過忘我地破壞周圍事物的方法宣洩這些衝動，但現在律採用不同於暴力的方式呈現給茜。

他大聲哭喊。茜就是自己。律跟她的哀嚎同步，茜的痛填滿了律空蕩蕩的心。疼惜如此掙扎的她，覺得這樣掙扎的她很美。

——必須支持這個人。

律走近茜，用力地緊緊抱住了她。茜原本驚訝地動了動，但後來也用力地抱住了律。律也放聲大哭，兩人哭泣的聲音在房裡不斷反射，混雜在一起。

律和茜已經不能離開彼此了。

茜的心受了重傷。她太有責任感，無法消除認為是自己害死井中澪的念頭。另外，長時間的沉重工作也讓她身體出了很大問題。在接受診察時，甚至被醫生指出可能罹患酒精依賴的症狀。

茜自己也到極限了。她只能勉強維持正常，但真的差一點就要倒下。前來集合住宅區拜訪時，眼神也是無比空洞。

律能夠做的，只有拚命安慰她。

兩人幾乎每天都會見面。

深夜，律會穿上羽絨外套溜出家門，前往供水塔。那是一座建設在集合住宅區中央，高約十五公尺的高塔。只要來到高塔下方，樹籬就能遮掩兩人的身影。他會在這裡和茜會合，聊一些無關緊要的話題，內容大多跟天氣、學校有關。這樣約十分鐘的小小密會，讓他很高興。

在寒冷的冬天之下，與茜並肩而坐，什麼也不想地仰望天空。空氣清新，在集合住宅區上方閃爍的星星如此清晰。兩人會用手指著星星，述說感想。

有時候，茜會帶著哀傷的眼神望向第十棟。這種時候律也會在她身邊看過去，陪伴著她。跟律相處的大多時候，茜都處於放鬆而平穩的狀態。

律沒有忘記兩人一起過聖誕夜的時候。律偷偷買了材料，瞞著父母挑戰做蛋糕。雖然成品是一個因為在途中失去平衡歪倒，外表看起來歪七扭八的鮮奶油草莓蛋糕，但茜仍然很高興。兩人搭配茜帶來的熱紅茶一起享用蛋糕，度過了一段幸福時光。

「我好像很久沒有吃過手作蛋糕了。」

笑著如此說的茜臉上表情非常柔和。

隨著兩人相處的時間增加，茜也漸漸恢復了元氣。看來她真的比任何人都堅強。

後來，命運般的決定性瞬間造訪。

某個寒冷的夜晚，律在傍晚走在集合住宅區時，和一位眼神昏暗的男孩子擦身而過。律曾經聽茜提過，那就是受到虐待之後，在絕望之中凍僵的眼眸——警覺凍結（註3）。

律聽到足以令他頭痛的哀嚎，那是懷抱著強烈痛楚的存在帶來的。

律看著男孩走進集合住宅區內的房子後，立刻動身找茜。他踩著腳踏車，直接前往兒童相談所，告訴茜那個男孩的狀況。

「他的狀況很危急。」律拚命訴說。「茜姊，妳一定要幫助他。」

看到律突然到訪，茜顯得困惑。

「身上沒有外傷……？」茜一個接一個提出問題。「有沒有什麼明顯的特徵，比方說消瘦，或者散發著異味之類的呢？」

她的問法很像在盤問，律不懂她為什麼要逐一確認這些。

茜一臉苦楚，悔恨地咬著指頭。

律明白了。茜曾經告訴過他，兒童相談所跟警察不同，如果沒有經過一定程序，是無法介入他人家庭的。明明在他們耽擱的時候，那個男孩的狀況很可能愈來愈糟糕的。

「是真的。」律快哭出來了。「那個男孩很奇特。」

「……可能是用水。」

後來聽到低語。

「比方潑冷水，或者把人按在浴缸裡面之類的。如果沒有明顯的痕跡，可能是類似這樣用水加以虐待。考量到二月現在這個氣溫，有可能處於會凍死人的狀態。」

茜整理好思路之後點了點頭，拍了一下律的背說：「我相信你。」

註3：警覺凍結，frozen watchfulness。清楚意識周圍環境的狀態但不表現出任何反應。是受虐兒童經常出現的行為。

接著她立刻採取行動。當下將律所說的內容當成一般民眾通報，並且召開緊急會議。相談所馬上決定讓茜前往家訪。

兩人立刻回到集合住宅區。夜晚的重下集合住宅區缺乏足夠照明，很難看清楚高樓層的陽台狀況。但隨著兩人愈來愈接近，可以朦朧地看見七樓的位置。

「茜姊！」律邊跑邊大叫：「他在陽台！」

男孩站在室外機上看著遠方，陽台柵欄只到他的膝蓋高度。井中澪的新聞閃過腦海，律拚命地呼喚他。但男孩只是彷彿被吸走那樣看著遠方，律的聲音根本傳不到男孩耳裡。

茜迅速做出判斷，直接從集合住宅區的樓梯往上狂奔，打算衝去阻止男孩。律也追著那道背影而去。根本沒空等電梯，只能以最快速度衝上七樓。

途中，律的腳步愈來愈沉重，走在前面的茜也放慢了速度。

最糟糕的想像竄過腦海。

——如果沒有趕上呢？如果再有孩子死在茜面前呢？

已經不想再去想了。

「加油。」律擠出聲音。「茜姊，加油啊。」

茜又加快了奔跑速度，瞬間從律的視野裡消失。律追著上去，發現了滴落在樓梯上的水珠。不知道那是汗水，還是淚水呢？

當律追上的瞬間，男孩家的大門已經打開了，門前的瓦斯表後面似乎有備用鑰匙。茜以帶著榮耀的聲音說道：

「我來救你了。」

茜趕上了，這回成功拯救了一條即將毀壞的性命。

律在房前流著淚，衷心祝福她。

恭喜妳。律在心裡不斷默念，並且看了看房前的名牌。

那裡寫著「古谷櫻介」這個名字。

救出古谷櫻介成為轉機，茜整個人的狀況跟著好轉。

然後似乎下定了決心。

——必須改革目前的困境。

茜也告訴律自己的計畫。調查井中澪事件，並且證明她的死是相談所的疏失造成，藉此增加人手。

雖然要利用井中澪的死讓她有些抗拒，但現在沒有其他方法。

茜和律前往集合住宅區，拜訪井中峻樹，並且詢問了詳情。他的父親已經失蹤，下落不明。好像有個小孩目擊了姊姊自殺，能夠證明姊姊是否遭到虐待。

他提出四個可能性。越智藍理、手塚佳音、武井周吾、古谷櫻介。

很巧的是，他們剛好都是茜負責過的小孩。井中澪應該是直覺性地找到了家庭有問題的小孩吧。

井中峻樹並未加入旅行成員中，因為參加者很可能認識他，要避免大家因此抱持戒心。

旅行順利進行。成員馬上打成一片，敞開心胸。接下來就是趁煙火大會途中，茜親自探問大家關於井中澪的看法就好。孩子們可以創造夏日回憶，茜和律也可以完成自己的目的，應該可以有個完美結尾才是。

但是發生了意外。

周吾用菜刀攻擊了茜。

兩人被迫中止計畫。在煙火大會中，律回到設施替茜包紮，並且負責清理餐廳的血跡。在這之間，櫻介和藍理回到設施，茜則出面應對，以防止兩人上去二樓。勉強撐過這一段之後，兩人也交談了一下。

那就是最後的時光。

櫻介和藍理離開設施之後，兩人簡單聊了一些。

主要是聊周吾的狀況。

律無法原諒他行兇。因為律不清楚他的狀況，也覺得無論有什麼理由，都不可以傷害他人。雖然自己沒什麼資格說這些就是。

茜嬉鬧地說：「為了保險起見準備的遺書派不上用場了呢。」並且笑了笑，她刻意隱瞞恐懼的態度令律很難過。

擦掉所有血跡，把髒毛巾丟在垃圾桶之後，律覺得非常疲憊。

茜似乎也一樣，只見她拿出燒酌調酒喝了起來。應該是如果不能喘一口氣，就無法進行下去吧。

兩人站在窗邊仰望天空，從設施只能看到煙火的上半部分，另外一半被樹林擋住了。而且還有鐵窗妨礙，只能從鐵窗的縫隙之間欣賞，但傳過來的聲響令人無比舒暢。

「周吾的狀況……能不能告訴我可以透露的部分呢？」律這樣說，茜則笑著說：

「不是什麼愉快的內容喔？」

茜一邊拎著罐裝調酒，一邊慢慢述說。

「真的很難。即使只是採取暫時保護措施，相談所覺得自己保護了小孩，但監護人卻主張是相談所搶走了小孩。我們太過缺乏聽取周吾聲音、關照他心情的時間了。櫻介說集合住宅區是一座監獄，真的沒錯。」

聲音裡面充滿哀愁。

「所以必須毀掉這座監獄。」

空虛感讓律心痛。

覺得自己好無力，無法接近茜打算挑戰的對象。律只能以崇拜的眼神，看著儘管如此受傷，仍以理想為重的茜。現在的自己太過幼小了。

正當律的心要被撕碎的時候，茜對他微笑。

「我沒事的，因為有你幫我。」

那是偷偷地、低語重大祕密般的聲音。

「剛剛櫻介告訴我，他當初果然是想要自殺。你看？我和律兩人一起救了他喔。」

茜靠近律的臉。

律不會忘記她下一句所說的話。

「你變得能夠拯救他人了，我覺得很驕傲。」

身體一陣發熱。

感覺獲得回報了。認為一直只會使用暴力的自己，總算能夠完成些什麼了。炙熱的情感從喉頭湧出。

律無法克制衝動，反射性脫口而出：

「我喜歡妳。」

「我知道。」茜說。「等律長大之後，如果還是沒有改變想法，可以再告訴我嗎？」她彷彿想含糊帶過地笑了。

「即使如此，我還是喜歡妳。」律再次說。

他知道這是荒誕無稽的戀愛。

二十五歲的茜和十一歲的律，身為兒童福祉司的成人和被她拯救的小孩。

不可能有結果，但律無論如何都想傳達。

茜的手撫上律的臉頰，律伸手按住那隻手，閉上眼睛，沒有更進一步。茜也不希望吧。

律感受著從她指尖傳來的熱度。只是這樣。

然而，或許真的不該這麼做吧。

遭到報應了。

知道真鶴茜死亡時，律當下理解了。

當警察告知此一消息，其他小孩都哭了的時候，只有律沒有流下淚水。他只是無比絕望，發出了無聲的痛哭，慘叫從身體深處湧現。這是他自出生以來第一次聽到自己的哀嚎。那不是別人帶來的，是屬於自己的悲傷與痛苦。

他不懂，為什麼茜非死不可。

不可能是自殺。既然這樣，是誰殺的？果然是周吾嗎？雖然律如此認為，但他又發現在煙火大會途中，因為一直要忍受對周吾的怒氣，所以疏忽關注其他幾人，因此無法推測到底誰是犯人。只不過，他確定是他殺。

——為什麼？是因為我跟茜告白了嗎？

律也不清楚為何自己會有這樣的感情。

但敏銳的直覺稍稍掌握到了真相，一股意念流入腦海。

是正義。面對真鶴茜的死，律所感受到的是無比粗暴的正確性。

因為要澈底排除犯錯的人，所以真鶴茜才遭到殺害。她走偏了路，被世界拋棄了。為了不要干擾他人、妨礙他人，而遭到排除。

殺人犯的想法是什麼？想幫助自己？比起眼看悲劇發生來得好？要讓精神尚未成熟的自己遠離茜？然後主張這是正義。

不是！律大叫。殺害茜的行為怎麼可能正確。

——聽我說啊！

他想對神祕的殺人犯說。

——看看我已經被撕得支離破碎的心啊！

即使悲嘆也無法改變什麼，一切都太遲了。

真鶴茜已經遭到世界排除。

⋯

走完樓梯，律已經想起所有記憶。

與茜一起度過，那些無可取代的日子，以及其結束。

律花了七年時間才走到這一步。他雖然很早就想到把這六個人同時關起來，並且藉此解開謎題的方法，但當時的自己還太小，無法實踐。自己只是個沒有任何智慧的普通小孩罷了。

到了十八歲，總算能實現了。

在井中峻樹幫助下，終於成功將當年參加旅行的成員關起來。然後律本人也參加議論，彼此探討七年前的事件。

然後，他終於拿到了想取得的物品。七年前似乎被某人藏了起來，但因為把所有成員關進設施，並將犯人逼到走投無路，所以才能找到。

七年前遺失的，記載了真鶴茜遺言的手帳。

面對周吾之際，茜為了以防萬一，在手帳上寫下了自己的遺言。這段遺言之中，有一句特別寫給律的話。

給律　我認為你會好好珍惜這本手帳

這是律一直想知道的資訊。他在這七年間，一直思考著要怎麼找到這本手帳。

時隔七年，律終於接收了茜的資訊。他感到自己眼眶一陣熱，於是深深呼了一口氣，想辦法忍住淚水。要哭，得等自己完成使命之後再說。

──茜一直在傾聽我們的聲音。

為初戀對象祈禱。

──現在換我們傾聽茜的聲音了。

no title

煙火的聲音從遠處傳來。

整個人摔在堅硬水泥地上的真鶴茜，看著從自己體內流出的鮮血，心情一陣茫然。早已沒有痛覺，甚至感覺不到鮮血的溫度，在逐漸轉暗的視野之中，只能接收到聲音帶來的資訊。

——啊啊，我等等就要死了。

心臟遲早會停止跳動吧。這樣的未來已無可避免。

比起憎恨、悲傷，更多的情感是驚訝。應該是因為體內還有酒精殘留吧，感覺這一切都像一場夢。

這時想起，說不定井中澪也曾有過同樣感受。希望她是馬上斷氣就好了，因為那樣不用像現在的自己一樣，還要思考關於死亡的事。

既然現在已確定自己會死，腦海裡浮現的盡是自己曾關注過的孩子們。

再一次煙火爆開的聲音響起，茜聽見上方傳來女孩子痛哭的聲音。應該是手塚佳音吧，就是把自己推下懸崖的少女。

在煙火大會後段，她回到設施說：「我有話要跟妳說。」並且強調最好是在不會被人看到的地方，指定碰面地點為設施後方的懸崖邊。那裡是茜曾告訴孩子們危險，不得靠近的地點。

雖然危險，但要是準備好手電筒，就不用擔心失足。所以茜決定同意佳音的要求。

當然不能否認，一部分也是因為茜樂觀地認為，這孩子跟井中澪的死有關聯。

不過，佳音提出的問題出乎意料。

「茜姊，妳跟律是什麼關係？」

強烈的後悔席捲而來。

——為什麼自己回答不出來？

要是馬上說：「沒什麼啊。」就沒事了。平常的自己應該做得到。

但閃過腦海的，是他說著「我喜歡妳」時，那對誠摯的眼眸。

自己因這突然刺進內心柔弱部分，出乎意料的追問慌了一下，眼神游移，想要含糊過去。但這樣反而錯了。

佳音的手突然伸過來抓住肩膀，她一臉快哭出來的模樣。茜一個踉蹌，失去平衡。

從她的表情，看出了她現在的心情。

她想拯救律。

就像律幫助了佳音那樣，佳音不假思索地出手。這毫無疑問是出於衝動，因為她認為必須阻止這種錯誤的關係。刻劃在內心的傷痕疼痛著，讓佳音無法停止，是茜的行為喚醒了佳音的舊傷。

茜在懸崖邊低語：「對不起，我沒能拯救妳。」

如果能更小心對待她就好了。如果在那座監獄裡面，還有餘力的話，應該要多花費一些時間，誠心誠意地多聽她說說的。

——別擔心，錯不在妳。

身體飄浮於空中時，茜仍掛念著眼前的女孩子。

茜在冰冷的水泥地上迎接死亡。

她只能接受這殘酷的事實。自己會在這裡殞命的悲劇已經確定，無法避免。

但並非一切都如此絕望，還是有幸運的部分。

茜有留下遺言。在與手握菜刀的周吾對話之前，為防萬一而寫在手帳裡。

律一定會找到這本手帳。

然後，一定會傾聽自己的聲音。

茜遙想著自己死去後的未來，閉上雙眼。

意外地不是那麼不適。

獻給活在監獄的你們

福永律緊緊握著真鶴茜的手帳，深吸了一口氣。

然後走進餐廳。他的腳步輕快到彷彿一點也不緊張，對傻眼的所有成員們，露出帶著歉意的笑容。

「辛苦了。對不起，我欺騙了各位。」

以周吾為中心，其他成員都以冷漠的目光看過來，但律並不在意，只是以悠哉的口氣開始解釋。大致上的內容跟峻樹所說的重複，律解釋自己怎麼跟峻樹配合，並監禁了大家的來龍去脈。

全部解釋完之後，律才說出最後的祕密。

「我無論如何都想找一個東西。」

律笑著。

他的手中握著一本手帳，佳音突然露出驚覺般的表情。

「這是記載了茜姊遺言的手帳。」

真鶴茜決定面對周吾的時候，同時決定留下遺言。

——如果周吾情緒失控，不小心殺了自己。

為了保護他、為了把井中澪一案託付給他人，茜在手帳留下遺言。

然而事情發生之後，卻沒有人發現這本手帳。

律猜想應該是犯人丟掉了。犯人發現茜的手帳，知道自己誤會了，於是急忙丟掉了。

丟去哪裡了？帶回家太危險，也不能做出埋在山裡這麼高調的行為。如果丟到垃圾桶或山裡，會被警方發現。

律覺得犯人巧妙地將之藏在設施的某處。

「我在陳述證詞的時候，有提到『茜姊在手帳上寫下遺書』。我猜想犯人應該會因此焦急。不出所料，犯人在休息時間，從寢室的五斗櫃後面翻出手帳，但我沒料到犯人會從窗戶把它丟出去。所以我只好假裝受傷，到設施外面，去找出那本手帳。」

律一邊說明，櫻介跟著吸了一口氣。他似乎在休息時間聽到什麼聲響，確實符合律的陳述。

律把手帳放在桌上，翻開內頁，讓大家都看見。

「這本手帳很誇張喔，裡面寫滿了集合住宅區小孩的狀況……『七月四日，明明是夏天，但F小妹妹卻穿著長袖』……『八月三日，C看起來已經三個月以上沒剪頭髮了』……茜姊會像這樣每天寫筆記。」

上面記載的盡是些日常瑣事，應該有很大一部分是茜擔心太多了吧。但她是為了不要遺漏孩子們面臨的危機，才一一記錄下來的。

律翻頁，打開最後的空白筆記頁面。

那裡寫了茜的遺言。首先是寫給律，以希望他能好好愛惜這本手帳開頭，接著寫到跟井中澪有關的內容。

「——『如果發生了什麼萬一，請去找相談所裡一位叫早川的女性。只要把這本手帳給她看，她一定願意聽你們說。』……嗯，看來這個人願意協助，不知道是不是茜姊的前輩呢？」

律朗讀遺言到這裡，先輕輕喘了一口氣。

「藍理，妳能不能為澪的事情作證？別擔心，我們不會危害妳的。」

「……嗯。」藍理回應。「如果有值得信賴的對象，我願意說，我也很想說。」

峻樹於是深深低頭致意，看來他們會為了不讓井中澪的事件埋沒而採取行動吧。

雖然得花一些時間，但兒童相談所應該會想辦法補充人力吧。希望有朝一日能夠破壞這所監獄。

「……我該怎麼辦？」

這時佳音說道。

「該去自首嗎……？雖然可能已經太遲了。」

「等等，關於這點茜姊也有提到，不過這原本可能是寫給周吾的就是。」

律指出遺言的中間段落。

「你們看這裡……『無論發生什麼事，即使我被刀子刺傷，我也祈禱所有孩子都能幸福。』雖然不是直接表述，但我想她並不期望贖罪。」

實際上去自首也沒意義吧。不僅沒有證據、目擊證人，同時不具備明確殺意與計畫性，只有罪惡感仍留著。更進一步來說，也無法起訴當時只有十一歲的佳音。既然無法從法律面解決，這件事情只能交由當事人自行處理了。

「嗯，雖然關於妳，我個人也是百感交集……應該不只我一個人就是。」

律稍稍瞇細眼睛看著美彌。

「我也沒辦法立刻得出結論。」

身為被害者遺族的美彌搖了搖頭。

「只不過，如同遺言所寫，我認識的姊姊應該不會期望些什麼吧。」

「是啊。」律微笑。

「佳音學姊只要去做妳認為的贖罪就好了。現在的我除了這句話，不會再多說什麼了。」

聽到這些話的佳音看向峻樹，峻樹則明白似地點了點頭。佳音似乎也打算協助他。

周吾問美彌：「我也比照辦理嗎？」

美彌回說：「問我可不可以其實滿奇怪的。」

每個人說完話後，律統整似地開口：

「那我們走吧。」他以開朗的聲音說道。

眾人走下樓梯，往外面去。

內心當然不至於毫無糾葛。

也不知道這樣輕易得出結論是否真的好。

挖開過去的舊傷，罪過和悔恨表露而出。憎恨沒有消失，也還有憤怒之情。

死去的人不會復生，犯過的罪也不會消除。

律至今仍無法消化怒氣、佳音無法正眼看大家、藍理一直懷念著澪、周吾悔恨著過去所為、美彌回顧姊姊的手帳、櫻介則擔心地觀察著大家。

但是，茜留下的資訊刻劃在他們的心中。一想起這點，就無法表露自己的情感。

給我所愛的孩子們

大家要健健康康。

希望當你們長大之後，也能成為傾聽孩子們聲音的大人。

他們踏出玄關之後，天色已經轉暗。

煙火的聲音迴盪於天空。

這是他們七年前也聽過、令人懷念的聲音。

「你們特地選了這天？」周吾問道。「你現在才發現？」律捉弄似地笑了。「我想這樣比較容易回憶過去。」

孩子們往神社方向走去，腳步愈來愈快。設施因為被樹木擋住，無法好好看清楚煙火。

櫻介沒頭沒腦地低聲說。

「我可以說說剛剛閃過腦海的念頭嗎？」

「是什麼？」美彌問。

「我想成為像茜姊那樣的大人。」

這句話讓其他孩子也笑了。彷彿擺脫原本壓在身上重量後的開朗笑聲持續了一段時間。

煙火升起。

律就在這群往聲音傳來方向前去的孩子們最後面。

他看著走在前方的成員們背影，忽地停下腳步，回頭望向設施方向。

「茜姊。」臉上帶著淚水的他說道。「妳覺得這樣就好了嗎？」

當然不可能有回應。

相對的，溫暖的風吹送，撫過律的右臉頰。

律覺得好像聽到她說：「當然啊。」

即使是虛渺的錯覺，仍打動了律的心。

他擦去流出的淚水。

真鶴茜的手帳上，最後有一句應該是後來補上的話。

獻給活在監獄的孩子們——你們最終抵達的地方，將不再是監獄。

衝擊與感動貫穿人心，
前所未有的慟哭推理之作！

15 歲的恐怖分子

松村涼哉／著　何陽／譯

「我在新宿車站設置了炸彈，這不是騙人的。」
在有如玩笑般的恐怖攻擊預告後，新宿車站爆炸了。嫌犯，是一名年僅 15 歲的少年。少年失去蹤影，但追查的的記者安藤卻發現，他也是少年犯罪的受害者……當安藤逐漸逼近真相時，15 歲的恐怖分子，正準備迎向他的最後一戰——

定價：NT＄260 元 /HK＄87 元

國家圖書館出版品預行編目資料

獻給活在監獄的你們 / 松村涼哉作 ; 何陽譯 . -- 初版 . -- 臺北市 : 臺灣角川股份有限公司 , 2023.12
面 ;　公分
譯自 : 監獄に生きる君たちへ
ISBN 978-626-378-286-0(平裝)

861.57　　112017357

輕文學
Light Literature

獻給活在監獄的你們

原著名＊監獄に生きる君たちへ

作　　者＊松村涼哉
插　　畫＊LOWRISE
譯　　者＊何陽

2023年12月18日　初版第1刷發行

發 行 人＊岩崎剛人
總　　監＊呂慧君
總 編 輯＊蔡佩芬
主　　編＊李維莉
美術設計＊李曼庭
印　　務＊李明修（主任）、張加恩（主任）、張凱棋

台灣角川

發 行 所＊台灣角川股份有限公司
地　　址＊104台北市中山區松江路223號3樓
電　　話＊（02）2515-3000
傳　　真＊（02）2515-0033
網　　址＊http://www.kadokawa.com.tw
劃撥帳戶＊台灣角川股份有限公司
劃撥帳號＊19487412
法律顧問＊有澤法律事務所
製　　版＊尚騰印刷事業有限公司
I S B N＊978-626-378-286-0

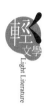